《源氏物语》图像叙事研究

蓝岚 著

西泠印社出版社

图书在版编目（CIP）数据

《源氏物语》图像叙事研究 / 蓝岚著 .-- 杭州 ：
西泠印社出版社，2022.4
ISBN 978-7-5508-3742-3

Ⅰ. ①源… Ⅱ. ①蓝… Ⅲ. ①长篇小说－小说研究－
日本－中世纪 Ⅳ. ①I313.074

中国版本图书馆CIP数据核字（2022）第063293号

《源氏物语》图像叙事研究

蓝岚 著

出 品 人	江　吟	
责任编辑	王　禾	
责任出版	李　兵	
责任校对	吴乐文	
装帧设计	谢章伟	
出版发行	西泠印社出版社	
	（杭州市西湖文化广场32号5楼　邮编：310014）	
经　　销	全国新华书店	
制　　作	丽水市文汇印捷数码技术有限公司	
印　　刷	浙江海虹彩色印务有限公司	
开　　本	710mm×1000mm　　1/16	
字　　数	151千字	
印　　张	10.75	
书　　号	ISBN 978-7-5508-3742-3	
版　　次	2022年4月第1版　第1次印刷	
定　　价	48.00元	

西泠印社出版社发行部联系方式：(0571)87243079

前　言

　　蓝岚是我的关门弟子，2016 年到浙江大学攻读文艺学博士学位。我看她本科就读于中央民族大学日本语言文化专业，后又到中国艺术研究院攻读美术文献硕士，硕士论文研究的是畲族祖图图谱，读博前，已经是丽水学院艺术学院的讲师了。这样的学历和工作经历，会很大程度影响到她的博士论文写作，为此我建议她不妨试试图像叙事研究。几次互动下来，蓝岚树立了信心，也产生了兴趣。

　　蓝岚精通日语，还会英语、韩语，我们亚洲研究中心需要这样的年轻人一边做研究一边帮忙做些事务。办公室有《宋画全集》《元画全集》，我们又在出版《高丽画全集》，做东亚图像叙事研究，条件还是可以的。开始我给她立了个比较大的框架，让她去做东亚文化圈的小说图像叙事研究，但因为这样的选题需要相当的研究水平和足够的学术支撑，难度可想而知。蓝岚觉得还是缩小一点从日本小说中寻找研究课题，最终把注意力集中到了《源氏物语》的图像研究上。

　　这样的调整，我基本认可。

　　一者可以扬长避短，最大程度发挥日语优势。利用前期知识积累，把她硕士期间攻读美术文献的基础利用起来，与叙事交叉，可以寻找到新的学术生长点。二者《源氏物语》是日本的《红楼梦》，与中国的《红楼梦》一样，不仅文本经典，丰富的图像宝库也值得探究。如绣像《红楼梦》，小说中加插图，给人以图文并茂之感，有助于阳春白雪般的作品的阅读与推广。还有插图，不妨称之为"红楼绘"。《源氏物语》打从问世之后，便有"物语绘"等，与小说本体共生共荣，两者之间有很强的可比性。蓝岚先从《源氏物语》切入小说图像叙事研究，日后再将我国的《红楼梦》等一众"绣像小说"联系起来做系统的比较研究，那定然前景广阔。若进一步展望，将整个东亚乃至整个亚洲的小说图像叙事都纳入自己的研究范围，那应该可以作为终生的学术追求。

选题的合适是成功的一半，剩下的难题是研究材料的获得。在中国，《源氏物语》的图像馆藏有限，没有足够的图像资料支撑，研究不可能全面和深入。通过努力，读博期间蓝岚申请到了出国留学基金，先后访学美国夏威夷大学和日本早稻田大学。机会难得，她开阔了眼界，丰富了学养，尤其在早稻田大学期间，足迹几乎遍及全日本的各大图书馆、博物馆，搜集了大量相关的第一手研究资料，为回国后的论文撰写打下了扎实的基础。

去年上半年，蓝岚将十多万字的博士论文放在了我的案头。通览一过，感觉资料相当丰富，叙评脉络线索清晰，对《源氏物语》图像叙事模式变迁的内在动因与客观条件做了深入的探索，观点鲜明，多所新见。论文外送得到了盲审专家三优二良的较高评价，答辩会上，也得到众多专家的一致首肯。作为她的导师，自然感到欣慰。

蓝岚的专著《〈源氏物语〉图像叙事研究》是其博士学位论文的主体部分。此书即将出版，她希望我能写上几句，自然应允。同时深信，在今后的学术研究领域，当能取得更为丰硕的成果。

是为序。

浙江大学文学院　金健人

2022 年 3 月

目 录

绪 论

一、研究缘起

"读图时代"是描述当前整个社会文化特征时出现频率极高的词汇之一。如今人们对于"阅读"的体验往往是图像结合文字,甚至有读图一代"无图不欢、无图不读"的现象。面向成人的绘本、漫画的大量出版提醒我们,图像作为叙事载体已经不仅仅是作为文字的补充,而是向着主体地位攀升。这让笔者不由地想起邻国日本,如今的日本动漫文化已经是一个全球范围的流行文化,从亚文化一跃至主流文化,而研究漫画的学者甚至造出了"漫画学"这样的研究领域。为什么日本人会热衷于用图像来叙述故事?笔者认为这个问题可以追溯到日本图像叙事的传统。带着这样的疑问,笔者选择了日本平安时代(794—1192)成书的《源氏物语》(约1001—1008),它被认为是"世界上最早的长篇小说",不但是文学史上的经典,同时也是日本绘画史上历久弥新的主题。

1968年,川端康成在诺贝尔文学奖授奖仪式上的演讲中提道:"《源氏物语》之后延续几百年,日本的小说都是憧憬或悉心模仿这部名著的。和歌自不消说,甚至从工艺美术到造园艺术,无不都是深受《源氏物语》的影响,不断从它那里吸取美的精神食粮。"①这是一个日本作家关于《源氏物语》与日本文化关系的经典概括。而《源氏物语》之所以在整个日本

---

① [日]川端康成:《我在美丽的日本》,叶渭渠译,石家庄:河北教育出版社,2002年,第3页。

文化中具有如此重要的地位却不单单只是文学本身所能达到的效果,图像在其中扮演了不可或缺的角色。自20世纪80年代丰子恺先生翻译的《源氏物语》问世以来,我国读者对这部经典日本文学作品逐渐熟悉起来,但对于那些来自《源氏物语》的图像作品却依旧感到陌生,亟须系统地梳理与引介。

《源氏物语》的图像制作从小说诞生之初的平安时代开始,在桃山·江户时代初期达到数量上的最高峰。[①]有关《源氏物语》的绘画具体样式包括物语绘卷、屏风、色纸绘[②]、扇面、浮世绘版画等,几乎涵盖了日本美术史上所有的画种与类型。日本美术史学界给这一类作品设立了一个专有名词——"源氏绘"[③]。同样,作为叙事画,"源氏绘"与仅有少数作品存世的《洛神赋图》等作品不同的是,目前全世界各大博物馆及私人收藏的"源氏绘"作品数量超过2000件,这是一个相当庞大的相同叙事主题的图像群。以《源氏物语》衍生的众多图像为研究对象,笔者感兴趣的是图像以何种方式对《源氏物语》进行演绎与重新创作,图像与文本在这漫长历史中如何相互作用,以及从平安时代的绘卷到当代的绘画创作甚至是到漫画,日本的图像叙事经历了哪些变化,又是如何逐渐走向成熟的。本文中涉及的《源氏物语》图像指的是以《源氏物语》小说故事情节为主题的绘画作品以及印刷的图像制品,不包括动态图像(如能剧[④])及影视作品等。

二、研究意义

① [日]田口荣一:《源氏絵の系譜——主题と変奏》,《豪华〈源氏绘〉の世界 源氏物语》,东京:学习研究社,1988年,第291—304页。
② 色纸绘是画在有泥金装饰的纸张上的小画面作品。
③ "源氏绘"主要指的是近代之前的传统绘画作品及浮世绘作品,涉及现代绘本、漫画等印刷图像时,笔者以《源氏物语》图像统称。
④ 能剧是发端于8世纪左右,在室町时代成熟的一种演员佩戴假面具表演的日本传统古典歌舞剧。

　　在艺术生活化、审美蔓延化、文化图像化和全球化的背景下,人文学科的研究对象理应进行扩充。然而,文字文本始终是中外叙事学、文艺学乃至整个人文社科研究领域最核心的内容,历经这么多年,在几代学者的辛勤研究之下,文字资料已经基本被挖掘一空,并形成对某些文字资料重复、过度研究的局面,而许多历史遗留问题仍然找不到有效的解决方法。我们不能忽略身边无处不在的图像,还有历史长河中那无数沉默不语的图像资料,它们也是构成我们整个文明的重要一环。文化研究不可能缺少对图像的研究,尤其是对图像如何传达信息的研究。纵观学术史,《源氏物语》的文字文本可以说已经被日本学者解读得十分透彻了,而与之相关的图像研究仍有许多问题值得进行综合系统的研究。

　　以文学作品为主题的图像,在我国有非常悠久的历史,比如传为东晋顾恺之作品的《洛神赋图》《女史箴图》就是典型的例子。宋元以降,随着话本小说的兴起,小说插图这一类图像大量出现。但不同的是,《源氏物语》由于其诞生之初的贵族文学特性,它的传播是一种从贵族阶层向庶民阶层的自上而下的普及过程。因而,历史上绘制过"源氏绘"的画家包括主流的宫廷画家、文人、贵族,也包括下层庶民阶层的画师,甚至业余爱好者,样式从高雅的手卷、画帖到廉价的印刷本应有尽有。"源氏绘"不像《洛神赋图》那样只留下了寥寥无几的相关作品,也不像宋元话本插图那样主要是庶民阶层创作的文艺趣味,可以说,"源氏绘"是一个以《源氏物语》为主题的包罗万象的、日本美术史图像集合,从"源氏绘"图像出发可以对不同流派、不同阶层身份甚至不同时代的日本画家在以相同文学作品为主题进行创作时,对于场景的选择、图像化的总体构思以及图式的传承等方面做一个综合的梳理,进而考察《源氏物语》的文本与图像在传播过程中的互动关系。与《源氏物语》图像有一定可比性的是我国的四大名著之一《红楼梦》系列图像。几乎与《红楼梦》的印刷本出版同时诞生的图像系列，最初以小说插图的形式出现，后来随着《红楼梦》小说影响的扩大，其种类不断增加，年画、诗笺、连环画、广告、戏曲等，直到近现代其被改编成多部影视作品。近年来我国学者对于《红楼梦》图像及语图关系的研究成果丰富，为本文提供不少借鉴。但《红楼梦》图像诞生至今大约200年的时间，这200年却是中国绘画走向过度程式化并逐渐衰落的时代，与《源氏物语》绘卷诞生时所处的日本美术史中"大和绘"①兴起的时代几乎是正相反，而参与《红楼梦》图像制作的主流画家就更寥寥无几了，比较著名的是清代仕女画家改琦。所以《红楼梦》图像的研究在整个中国绘画史图像叙事中的位置主要还是在版画插图部分。

　　平安时代是日本叙事性绘画的中兴时期，也是日本绘画开始摆脱中国影响逐渐形成日本自身民族风格的关键时期。本书选择从平安时代的"隆能源氏"绘卷②（后文通称《平安源氏绘卷》）开始展开对日本图像叙事的讨论，也是希望从日本"大和绘"业已完善的时期开始讨论这个民族特殊的图像叙事特点。"源氏绘"图像虽然不能说贯穿整个日本美术史，或者也不能说代表所有日本的叙事性绘画，但它所涵盖的时期正好是日本民族绘画完善的时期，它所涉及的内容也是日本文学史上影响最深远的小说作品，对其进行的图像叙事研究以及语图关系研究，对于理解整个日本图像叙事传统以及日本文化是具有重要意义的。

三、图像叙事的理论与研究方法

（一）图像叙事概念界定

　　"图像"一词的含义在英文中可以对应到image、icon、picture和它们

---

① 大和绘是10世纪前后产生于日本本土的民族绘画，设色浓郁华丽，制作精美。它以日本的风景和风俗为题材，与当时流行于日本的中国风格的唐绘相区别，并与镰仓时代后受宋元水墨画风影响的日本汉画相区别。代表流派如土佐派、狩野派。

② "隆能源氏"绘卷即被定为日本国宝的《平安源氏物语绘卷》，是现存唯一的平安时代《源氏物语》绘卷，其绝大部分被收藏在德川美术馆和五岛美术馆，因而又称为德川·五岛本源氏绘卷，有些学者因此绘卷作者传为藤原隆能，也称之为"隆能绘卷"。

的衍生词。本文中的"图像"所涉及的范围大致与 picture① 一致,指的是可视的、具体物质性的二维平面静态图像,比如绘画、版画、照片等。图像研究的传统在西方艺术史领域历史悠久,加了"叙事"二字之后,对图像的研究则更注重图像形式语言的表意运作,也关注图像作为一种叙事媒介的特点。当我们把图像作为一种人类把握世界、记录经验的媒介,那么图像的叙事即能够再现某个事件的变化或唤起某个故事场景。

在叙事学进入"后经典"阶段之后,对于文字之外的媒介的叙事学研究已经不足为奇。米克·巴尔在《叙述学》中对叙事文本进行了如下定义:"叙事文本是叙述行动者(Narrative agent)或主体用一种特定的媒介,诸如语言、形象、声音、建筑艺术,或其他混合的媒介向叙述接受者传递('讲'给读者)故事的文本。"② 这里的要点是叙述行动者、特定的媒介、叙述的行为(传递)以及所传递的内容即故事。在图像领域,相应的要素则可以对应至图像的叙述行动者、承载图像的媒介、图像叙述行为以及图像所传递的内容。这四个要素中只有媒介③一项是可以确定的,其他几项则需要重新定义。

首先,对于图像叙事的叙述行动者,也即一幅或一系列图像故事的叙述者,它可以是独立于图像外的外在式叙述者,也可以是内置于某个人物的人物式叙述者,其区别在于视角是否具有局限性。这在文字文本中是比较容易区分的,比如明显的叙事人称,但在图像中则比较难以区分。很多时候只能通过画面的构图所采用的视角来进行模糊的区分。

---

① 由于 image 的词义有多种解释,既可以指图像的物质实体也可以指人们头脑中的形象、印象,所以此处为了明确研究对象的物质实体,笔者选择"picture"这一词,但学界对于"图像叙事"这一概念基本上还是译作"image narrative",笔者在书籍题目的翻译上也沿用这一译法。

② [荷]米克·巴尔:《叙述学》,谭君强译,北京:北京师范大学出版社,2015年,第6页。

③ 此处媒介指的是图像的物理存在形式。

抑或把具有全景构图的归为外在式叙述者,而把从某个人物视角出发的构图归为人物式叙述者。但这样的归类往往导致绝大多数东亚古代绘画只能归为外在式叙述者。我们不能忽略一个国家传统的视觉思维习惯所导致的构图取向,很多时候如果不通过相应的文字文本辅助分析,我们很难确定一幅古代绘画的叙述者究竟是外在式的还是人物式的。这种区分放在具体分析小说插图的时候,通过对比文字和插图,可能更有确定性。

叙述者的属性往往也决定了图像叙事的"聚焦"。在文学叙事中,聚焦指的是通过作品中人物的视角去观察和描述其所在的世界。米克•巴尔把叙事学中的"聚焦"概念引入艺术研究,利用"聚焦"的概念讨论绘画中人物的视线和动态所具有的描述与再现功能,以及其与画外观看者之间的视线互动。在观看一幅静止的绘画时,观众往往会先选定一个视角,将视线汇聚于画面的某一点,这一点就是某一事件的开端。例如画面中的某个人物的视线,通过人物的视线转移至下一个视点,由此产生视觉的运动线路,不同视线的交叉处都是事件的发生、发展和转折点。这就构成了事件符号的运动。在本书中,笔者主要参考了米克•巴尔对于"聚焦"概念在绘画叙事分析中的应用。这是图像媒介本身具有的叙事手段,并不依靠其他文字文本的支撑。

其次,涉及图像叙述的读解,图像与文字存在着巨大的差异。西摩•查特曼认为:"无论叙事是通过一段表演还是通过一段文本而被感受到,受众成员们都必须予以解释性回应;他们无法避免地参与进互动中。他们必须用由于各种原因而未被提及的各类必要的或适当的事件、特征或对象来填补空白。"①这是由叙事传达本身的选择性而决定的,并不存在

---

① [美]西摩•查特曼:《叙事与话语》,徐强译,北京:中国人民大学出版社,2013年,第14页。

能够完全避免这种选择性的媒介。但图像和文字相比,在表现故事情节变化方面,显然图像给予受众的选择性要更多。这是由于图像与文字作为两种不同类型的叙事媒介,它们具有不同的符号特性。图像是处于纯粹符号与表意符号之间的一种特殊符号,它具有"再现"和"造型"的双重性质,而文字则是一种抽象度更高的表意符号,它在叙述或再现外在事件时可以不受"造型"因素的干扰,表意更加稳定和明确。这样一来,图像叙事就在很大程度上取决于受众的解释性回应,它直接受到受众本身对图像内容的熟悉程度及文化背景、当下的观看方式的影响,具有很强的个体特征和时代群体特征。因而没有任何文字文本辅助的纯粹图像叙事,不但要考虑图像制作者为了引导观者视线而在图像中所设计的视觉中心及视线运动的路径,以及种种具有隐喻性的形象运用,可能更大程度上还是受图像阐释者自身的读图习惯与认知所限。这也是历史上的经典图像总是被一而再,再而三地进行阐释,然而永无定论的原因。

绝大多数学者都支持"语言是最佳的叙事媒介",因为图像不能够表征否定的条件、可能条件,进一步就无法表征因果关系,更难以明确表征抽象思想。玛丽-劳尔·瑞安在定义非语言形式的叙事作品时倾向于从认知角度出发,把叙事作为一种心理意象,这样一来,并非一定要明确表征因果关系才能够被认为诠释了文本的叙事性。她写道:"我建议区分'是叙事'(being a narrative)和'具有叙事性'(possessing narrativity)。'是叙事'的属性可以以任何符号客体为基础,只要这些客体的生产意图是在受众心里唤起一个叙事脚本。"[①]也就是说能够"唤起"故事也是"叙事"的表现。

---

① [美]玛丽-劳尔·瑞安:《跨媒介叙事》,张新军、林文娟等译,成都:四川大学出版社,2017年,第8页。

"图像所描绘的内容是否为一个有情节变化的事件"是定义一幅绘画是否为叙事画的重要因素,但却不应该成为定义图像叙事的重点。当代叙事学的研究领域已经远远超出了文学叙事的范围,可以说"叙事无处不在"。普林斯对于叙事的定义为:"叙事是可以分为各种类组的信号之集合。尤其是在书面叙事中,某些因素与组成叙事的语言信号组合,构成了叙述信号(signs of the narrating),它们呈现叙述行为,其缘起于目标。其他一些因素与组合则构成被叙信号(signs of the narrated),它们呈现所讲述的事件与状态。"①这里被叙的内容被定义为被叙信号,包括了被叙的事件或者状态。那么叙事的内容就不仅仅是具有故事情节的事件了,也可以是某种状态,包括心理状态、情感状态、客观状态等。因而,图像叙事的研究对象不仅仅是那些明显具有叙事性的图像,也应该包括那些虽然不属于叙事性图像但也传达了某种信息的图像以及这些图像传达信息的"语言",也即图像中包含的信息如何被组织、建构并被传达。然而,普林斯在后面的说明中又给叙事中所包含的事件数量设了下限,他认为:"一个叙事是对至少两个事件的讲述,它不能以其中每一个单独事件为前提或满足。"②这个定义当然是针对文字文本来说的。当涉及图像文本时,这个事件数量的下限在单幅图像中经常无法满足或者看上去似乎没有被满足,很多情况下事件是通过象征、隐喻等手法被指涉或通过一系列的图像得以实现的。

所以一般说来,艺术史中的"叙事画"通常指的是通过绘画展现故事发展的过程或关键性场景以及运用绘画形象的象征指涉故事的情节或人物。但图像叙事要讨论的则是图像如何讲述或者唤起故事,或者更本质的是如何传达信息的问题。对于以一系列的形式存在的图像来说,图

① [美]杰拉德•普林斯:《叙事学》,徐强译,北京:中国人民大学出版社,2013年,第7页。
② [美]杰拉德•普林斯:《叙事学》,徐强译,北京:中国人民大学出版社,2013年,第64页。

像叙事是借助其物理图像的时间和空间张力,凭借人的视知觉及思维能力形成图像群落并加以串联来完成的。那么,单幅图像的叙事具有怎样的特殊性?相对于文字叙事而言,图像是否也能依据自身特有的媒介属性与特点建构属于自己的一套叙事话语呢?或者说图像在叙事上究竟有哪些优势而使人们孜孜不倦地对文学经典进行图像化?笔者认为这是研究图像叙事所必须要做的,也是不能回避的一项基础理论工作,也是本文通过《源氏物语》图像群的叙事研究所要探讨的主要问题之一。

(二)图像叙事理论回顾

目前学界对图像叙事的理论建构可以从三个方向来看。第一,围绕"图像如何叙事"这一问题展开的对图像叙事话语的分析与总结、图像叙事机制的研究,以及从整体上对图像叙事模式的总结;第二,从语图互动关系出发,通过图像与文字这对相互纠缠的叙事媒介的比较研究,梳理图像的媒介特点与叙事活动中的符号特性;第三,各个相关学科对图像解读的方法论研究,主要包括艺术史领域的图像学、形式分析,文学图像领域的叙事学以及视觉文化研究领域的符号学。

1. 图像叙事的语言与模式

把图像的构成要素与语言的语素对应是为了探讨图像有哪些形式语言以及它们在叙事活动中的运用规则。西方艺术史界对绘画形式语言的研究有着悠久的历史,维也纳学派李格尔在《风格问题》(1893)、沃尔夫林在《艺术风格学:美术史的基本概念》(1915)中引领了艺术的形式和风格分析理论,一直到后来的罗杰•弗莱、格林伯格等现代艺术批评家,形式分析理论仍旧是进行艺术图像研究必不可少的方法。而阿恩海姆在《艺术与视知觉》(1954)中通过建立在现代心理学实验基础上的视觉完形理论探索艺术的本质。他对于艺术作品中的形式动力作用于人的心理感受给予了科学分析,使形式分析有了更清晰的界定和更加令人信服的科学基础。虽然传统的形式分析研究并不直接与图像叙事相关,但没有形式分析打下的基础,我们将很容易被纷繁的图像表象所迷惑而无法从中剥离出最关键的要素。

中国古代画史的论述主要侧重于对作品及画家的艺术价值判断,并结合画家生平和所处社会历史背景进行绘画史的叙述。但事实上,中国古代数量众多的画谱即是对绘画形式语言以及图式的一次又一次的梳理与传承,为研究中国绘画语言的学者积累了极为丰富的视觉材料。一些接受西方艺术史训练的中国学者,尝试从艺术风格与形式分析的角度梳理了某些类型的中国绘画的图式,如方闻在《心印》(2004)中对中国山水画图式的梳理,巫鸿在《重屏》(2011)中对中国绘画中的画中画图式的探讨,都是在中国绘画图式研究方面的重要论述。

汪晓曙在《绘画语言论》中给"绘画语言"下的定义为:"它(绘画语言)以线条、明暗、色彩、笔触、肌理、层次、空间、虚实及节奏等绘画所特有的基本元素来为画家在绘画创作中表现情节、情境、情感、情趣和有意味的形式,从而在各种形式的组合与变化中为画家进行绘画的表现服务。"[1]虽然他在书中主要是对这些要素的艺术表现力进行分析,但这一定义明确了绘画语言的基本元素。沈冠东在《叙事语言与时空表达:〈点石斋画报〉图像叙事研究》中进一步把图像语言分为底层结构的线条、色彩、形状、明暗等以及上层结构的图像语素到语素的组合,并认为对图像叙事起到作用的主要是上层结构的语素及语素的组合(图式)。[2]

从图像叙事的本质及整体叙事模式的角度进行研究的论文以龙迪勇的博士论文《空间叙事学》及以此为基础发表的系列论文最为突出,该文为图像叙事的理论建构做出了巨大贡献,提出图像叙事的本质是空间的时间化,并把图像叙事的模式归纳为单一场景叙述、纲要式叙述与循

---

[1] 汪晓曙:《绘画语言论》,南昌:江西美术出版社,1999年,第27页。

[2] 沈冠东:《叙事语言与时空表达:〈点石斋画报〉的图像叙事研究》,镇江:江苏大学出版社,2018年,第73页。

环式叙述三种。①这一结论对图像叙事的模式概括是比较全面的。

　　综合以上在图像叙事语言及叙事模式方面的学术研究成果可以发现，虽然学界对于图像叙事的语言要素已经形成比较统一的认识，但对于这些具体要素在叙事中的运作规律的总结却停滞不前，图像的"语言"并不能像文字语言那样形成明确系统的语法规则，否则就会失去图像本身的魅力。相比于底层的图像语素，"图式"的确更加明确地影响叙事效果，但"图式"往往与一个民族的视觉观看传统紧密相连，因而也不是具有普遍效用的，需要具体问题具体分析。正如于德山的《中国图像叙述学：逻辑起点及其意义方法》一文中所说："我们几乎难以用语言叙述的方法进行图像叙述研究，更难以总结出图像叙事的非常条理化、抽象化的'叙述语法'。"②当然，在今后的图像叙事个案研究中继续对图像语言进行梳理与提炼还是非常有必要的，每个民族的图像语言都有着自身的独特性，每个时代皆是如此。

　　2. 图像的符号属性与媒介特点

　　西方学界最早涉及图像叙事的媒介特点以及符号属性的论述出现在莱辛写于1766年的《拉奥孔》一书中。他明确指出诗歌是时间的艺术，绘画是空间的艺术，二者存在明显的差异性。这是对文字与图像媒介特点的最早概括。他把图像叙事的本质特点归纳为选取"最有包孕性的一刻"，这个观点适用于绝大多数文艺复兴及以后的西方传统故事画。但是莱辛的诗画观毕竟是建立在西方强大的叙事文学传统下的，相对于抒情性较强的东方文学体系就有一定的局限性。《源氏物语》虽然是小说，却也在很大程度上继承了东方文学的抒情性，以《源氏物语》为主题的图像作品也带有强烈的抒情性。正如杨芳在其博士论文《〈红楼梦〉与

---

① 龙迪勇：《图像叙事：空间的时间化》，《江西社会科学》，2007年第9期，第9—53页。
② 于德山：《中国图像叙述学：逻辑起点及其意义方法》，《社会科学战线》，2004年第1期，第93—96页。

〈源氏物语〉时空叙事比较研究》中提到的:"在时间情态化的文本诠释过程中,中日两位作者均擅长'寓情于景,借景抒情',叙事表现艺术中形象先于逻辑,感性强于思辨。"①

赵宪章通过《语图叙事的在场与不在场》②《语图符号的实指和虚指——文学与图像关系新论》③等系列论文,从图像与文字的符号属性出发论述了图像的"虚指性"符号特点对于叙事的限制,如不能表达抽象思维,不能表达否定条件,等等。他还提出了图像符号的"在场性"特点所对应的"陷入式"的欣赏体验,并认为图像符号是弱于文字符号的"辅号",因而图像模仿文字叙事是一种顺势模仿。赵炎秋针对赵宪章对语图符号的"实指"与"虚指"的界定又提出了另一种意见,他认为,在艺术图像的范围内,所谓语言的实指是在思想层面上的,而图像的实指则是表象层面上的,并不是绝对,两者也无高下之分。④两位学者对于图像与文字的符号特性的论述为我们厘清了图像与文字各自的符号优势与限制,为正确看待图像与文字孰优孰劣问题提供了学理依据。图像符号与文字符号究竟哪一种更占优势应该要看具体的图像制作目的,是一种以图像为主导的再创作还是图解功能为主的图像化。

经典叙事学是专注于文字文本的结构分析的,但罗兰·巴特于1966年发表的《叙事作品结构分析导论》中就提出:用来叙事的,既可以是时间性媒介,也可以是空间性媒介。这一观点为后来的叙事学的研究领域提出了更广阔的设想,使叙事学研究更倾向于符号学和结构主义上的信息传递研究,但这一观点直到几十年后才被叙事学界重视。前文提到的

---

① 杨芳:《〈红楼梦〉与〈源氏物语〉时空叙事比较研究》,湖南师范大学博士论文,2013年。

② 赵宪章:《语图叙事的在场与不在场》,《中国社会科学》,2013年第8期,第46—65页,第207—208页。

③ 赵宪章:《语图符号的实指和虚指——文学与图像关系新论》,《文学评论》,2012年第2期,第88—98页。

④ 赵炎秋:《实指与虚指:艺术视野下的文字与图像关系再探》,《文学评论》,2012年第6期,第171—179页。

米克·巴尔对"叙事文本"的定义是她在1997年出版的《叙述学：叙事理论导论》对"叙事文本"的概念修订,把原本的"语言符号"改为了"用一种特定的媒介",说明叙事学的研究已经从叙事符号研究进一步扩展到了媒介,从抽象的符号转向更为可感的符号承载媒介。跨媒介叙事学家玛丽-劳尔·瑞安对图像叙事的界定就跳出了"必须描绘情节变化的事件"这一原则,能够"唤起"叙事脚本的能力被她称为"being a narrative"(成为叙事),当然,具备这种能力的并不只有图像。她以时空外延和感官维度为首要的分类范畴,把静态图像分在了时空组合,并作用于语言—视觉渠道的叙事媒介。① 这一分类明确了静态图像虽然以空间形式存在,但图像叙事是通过空间与时间的共同作用展开的,并且同时作用于人的语言与视觉思维,要把语言完全剥离出图像叙事在事实上是不可能的。

3. 研究范式的转变

图像叙事研究的方法论建构有赖于艺术史、文学理论及视觉文化研究领域等多学科共同努力。

如果说形式分析是在图像内部进行研究,那么阿比·瓦尔堡建立的图像学则建立了图像与文本之间的联系,为图像与文本之间的互证建立了一套行之有效的方法。欧文·潘诺夫斯基在《图像学研究》(1939)中提出关于图像学研究的三个阶段模式,为现代图像学研究制定了最核心的理论框架。虽然图像学起源于圣像研究,但经过相关艺术史理论和卡西尔符号学的改造,图像学已经成为研究一般视觉艺术的经典模式。为了找到第三层次的图像背后的意义,潘诺夫斯基提出"重建历史语境",找出隐藏在图像的内容与形式背后的文化心理与历史宗教因素等。贡布里希则认为"重建历史"不如"重建方案",画家在创作时不仅仅依据自己的意愿,还受到诸如赞助人意愿的影响,还原最初的创作方案才有可能

① [美]玛丽-劳尔·瑞安：《跨媒介叙事》,张新军、林文娟等译,成都：四川大学出版社,2017年,第17页。

找到图像的深层次含义。图像学的方法为艺术史学科建立自身的科学研究体系开辟了新的路径,但其很大程度上受到研究者本人的学识积累、学术视野、语言能力等的限制,在实际研究过程中依然存在很大的个体差异。米克·巴尔认为虽然图像学解读可以增强与符号及前文本间的互动,比如像"构图"这一类符号,但它并没有讲述故事,而是指涉一个故事,这类符号并不参与构成故事框架的一个叙事语段,也不会指引观者,提供一个具体的聚焦方式。他们同样也不会参与故事讲述本身,去将叙述的声音辅助视觉。①所以图像学研究很可能会导致我们只停留在"识别"符号的阶段,而叙事学则在直接的、具体的分析层面为图像学的"重建假设"提供来自图像和文本内部的佐证。

二十世纪五六十年代以来受到结构主义、形式主义及符号学派的影响,符号学对图像的研究贡献巨大。尼尔森·古德曼在《艺术的语言》(1968)中阐述了与艺术相关的符号表达,企图将艺术纳入一般的符号理论中进行阐明,尽管他的观点对艺术图像的判断可能至今不被大多数人认可,但的确为艺术符号学研究开辟了新的路径。英国艺术史学者诺曼·布列逊通过他的"图像三部曲"著作②从叙事的角度对西方经典绘画中的图像和文本关系进行了新的阐释。他阐明了"绘画作为符号"的观点,认为以贡布里希为代表的"知觉主义"把再现性绘画视为一种知觉记录的看法实际上是割断了艺术与文化的联姻,将图像制作置于社会关系之外,而为了重建艺术与文化的关联,我们就需要承认"绘画作为符号"的事实。布列逊将符号学的方法论系统地引入了艺术史的研究之中。他从符号学的角度来看待视觉,看待绘画,从而突出了它们的文化和社

---

① [荷]米克·巴尔:《视觉叙事与图像符号》,张方方译,《世界美术》,2017年第2期,第91—97页。

② 指诺曼·布列逊于1981年至1984年出版的《语词与图像:旧王朝时期的法国绘画》《视觉与绘画:注视的逻辑》《传统与欲望:从大卫到德拉克罗瓦》。

会特征。然而,这种视角却忽视了视觉当中所包含的各种自然因素。

进入20世纪80年代之后,随着技术的发展,电影、电视等新媒体促使大量数字图像涌入日常生活,"视觉文化"一词成为艺术理论的宠儿。这些有别于传统绘画的新的视觉材料迫使艺术史领域出现了"新艺术史"研究思潮,将艺术研究引入文化政治研究,跨学科的研究成为风尚,图像学、符号学及叙事学等研究方法得到综合,也使更多例如考古学、社会学、人类学、文学、哲学等各个人文社会学科融入视觉艺术研究领域,比如艺术社会学的代表 T. J. 克拉克所著的《现代生活的画像:马奈及其追随者的巴黎》(1985)从画家们的生活环境入手,勾勒出一幅现代巴黎的城市图景,为普通大众理解印象派画作找到了更为翔实的材料。尤其是他提出了艺术社会史的模型,认为绘画发生于绘画、绘画传统、经济基础的三角关系之中,而不是简单地"再现"或"模仿",这比贡布里希的"图式与修正"又往前推进了一步。视觉考古学的代表乔纳森·克拉里所著《知觉的悬置:注意力、景观与现代文化》(2000)是有关19世纪末20世纪初视听文化的戏剧性扩展及工业化对人类注意力的改变及其对西方现代艺术的影响。这种把视觉模式与同时代的各种思维模式联系起来进行研究的方法打破了视觉研究领域与其他人文社会科学之间的壁垒。

美国学者 W. J. T. 米歇尔的《图像学》(1986)可以说是后现代背景下的"图像学",扩展了现代图像学的研究领域。他认为图像学包括两方面:第一,对图像的阐释;第二,图像自身的言说。米歇尔提出了"图像转向"的观点,认为图像是一种后语言学的、后结构学的重新发现,将其看作是视觉、机器、制度、话语、身体和比喻之间复杂的互动。米歇尔的图像理论表现出一种为图像立法的内在冲动,他的图像学实际就是视觉文化研究,是对视觉经验的社会建构进行的研究。作为一个理论概念,"图像转向"中的"图像"并不是指绘画、照片、影像等实体,而是指与语言表征模式不同的另一种表征模式。①

综合新艺术史研究的成果,曹意强在《图像与语言的转向——后形式主义、图像学与符号学》中进一步提出结合后形式主义、图像学与符号学的方法是艺术史研究的新出路,并提出用"文本"指涉艺术品本身,用"上下文"表示艺术的情境,用"读解/阅读"取代"观看",很大程度上改变了视觉艺术的说明方式,"读图"时代真正到来了。②

通过回溯以上主要的图像研究理论,无论从形式与风格出发,还是还原图像生产的社会历史背景与制作方案,或者是以语词与图像二者的互相阐发为重点,又或者是从图像的符号属性入手,其根本目的都是为了无限逼近图像背后的真实含义。或者我们可以反过来去思考,图像就是以以上这多种可能的方式融入我们的日常生活,把意义嵌入生活中的每个缝隙,企图读解图像就必须涉及社会生活的方方面面,也需要利用一切可能的方法与文本材料。在图像泛滥的年代,图像叙事所涉及的研究对象日新月异,颇有理论跟不上实践的尴尬。但是综合图像学、符号学以及叙事学的研究方法进行视觉叙事研究已经有了一定的理论基础与材料积累。当然我们在图像叙事研究领域还有许多可以深入研究的资料,梳理过去人类如何使用图像叙事,是建立图像叙事理论体系的必经之路。本文也是以这一目的为出发点,希望从过去的经验寻求通往现实的道路。既然"叙事"已经被认为是人类表意行为的普遍特征,那么图像叙事的研究就应该能够更加接近图像背后的真实含义。

4. 相关图像叙事个案综述

以图像叙事或语图关系为侧重点研究中国古代叙事性图像的个案

---

① [美]W. J. T. 米歇尔:《图像学:形象,文本,意识形态》,陈永国译,北京:北京大学出版社,2012年。

② 曹意强:《图像与语言的转向——后形式主义、图像学与符号学》,《新美术》,2005年第3期,第4—15页。

研究近年来层出不穷,研究范围越来越广,对西方相关理论的借用日趋深入。最早引入西方理论进行图像研究的当属古代绘画类叙事性作品的研究,早期研究多以资料收集梳理的图像志为主。近年来逐渐转向由点及面的个案研究,如对某一文学主题相关绘画的集中研究。这方面做得比较彻底的有台湾学者陈葆真,她的专著《〈洛神赋图〉与中国古代故事画》最有创见性的部分是通过把《洛神赋图》中的图像各个部分进行高度测量,并且把高度变化与《洛神赋》文本韵律节奏进行详尽对比,得出图像与文本在形式上的相互呼应,是一种少见的形式上的互文关系。① 从传播学、社会学角度出发结合视觉文化理论的论文是一大热点。郭薇的《〈赤壁赋〉的视觉艺术传播研究》是一个典型例子,通过对历代同类主题图像作品的研究,探讨文学传播过程中视觉艺术所起的作用和影响。② 此外,于德山《中国图像叙述传播》则是从整体上分阶段讨论了图像的叙事问题,并集中讨论了《韩熙载夜宴图》的图像传播。③ 毛杰从小说绣像的叙事功能,主要是图像如何干预文本叙事的角度入手,来探讨图像对文学文本的叙事与批评功能。④ 杨光影考察了以南宋宫廷命意为交集点的诗画关系,得出了不同命意下诗画关系所呈现的不同方式,丰富了诗画互文机制的研究。⑤

另一种对中国古代小说图像的研究对象主要集中在插图版画,比如最早的郑振铎《中国版画图录》、王伯敏《中国版画史》、阿英《中国连环史话》等为后来的研究者奠定了坚实的图像资料基础。对于古代小说插图的研究按时间段来区分,以20世纪80年代为界大致可分为两个阶段:前

① 陈葆真:《〈洛神赋图〉与中国古代故事画》,杭州:浙江大学出版社,2012年。
② 郭薇:《〈赤壁赋〉的视觉艺术传播研究》,东北师范大学博士论文,2018年。
③ 于德山:《中国图像叙述传播》,济南:山东文艺出版社,2008年。
④ 毛杰:《中国古代小说绣像研究》,华东师范大学博士论文,2014年。
⑤ 杨光影:《南宋宫廷艺术中的文学与图像关系研究》,东南大学博士论文,2017年。

一阶段学者们致力于史料文献的梳理整合,主要针对插图的版本分期、地域特色以及刊刻技术等;后一阶段则进入各个角度甚至跨学科的图像分析与文本分析,其中包括插图的版式风格、叙事方式、美学内涵、图文关系、传播与接受等。①青年学者多进行"专人"或"专著"的个案研究,或者采用新的视角与研究方法,如从语图互文、传播学、符号学等角度切入重新解读分析。②赵敬鹏《明刊本〈水浒传〉"招安"情节的图像阐释》一文是对四大名著语图关系研究中更加具体到某一情节的语图关系的研究,从文本和图像对同一情节的不同表现来凸显图像制作者的叙事意图,并对比了几个版本图像的异同,从这一侧面展现《水浒传》复杂的图像接受史。③何萃《〈红楼梦〉绣像的人物选取与组织结构》也是以图像之间的对比来说明对同一文学作品进行绘制的图像所表达的不同的叙述功能,从而体现出刻工这一群体对原著的不同理解。④金秀玹从明清小说插图的版本、当时的出版文化、视觉化的方式以及插图与博古图的关系出发,探讨了小说插图作为一种文化商品的存在形式在明清时期整个士商地位角逐的过程中所扮演的角色,是利用视觉文化理论进行插图研究的典型代表。⑤毛杰对古代小说插图研究存在的问题作了总结,认为"当下小说插图长于个案研究及使用西方美术学理论,缺乏宏观的、本土的方法论指导和研究策略",并认为需要从小说学维度开展对小说插图的考察。⑥

(三)研究方法

"语词与图像"是艺术史上讨论了千年也未得出结论的问题,同样,

---

① 颜彦:《中国古代四大名著插图研究》,北京:社会科学文献出版社,2014年,第4—19页。
② 李芬兰、孙逊:《中国古代小说图像研究说略》,《明清小说研究》,2007年第4期,第9—18页。
③ 赵敬鹏:《明刊本〈水浒传〉"招安"情节的图像阐释》,《文艺研究》,2019年第3期,第54—63页。
④ 何萃:《〈红楼梦〉绣像的人物选取与组织结构》,《明清小说研究》,2014年第4期,第70—81页。
⑤ 金秀玹:《明清小说插图研究》,北京大学博士论文,2013年。
⑥ 毛杰:《中国古代小说插图研究的序时维度与方法论立场》,《求索》,2016年第11期,第143—147页。

在研究《源氏物语》的图像与文字文本的关系问题上,本书并非企图给这两者的关系下任何一劳永逸的结论,而是从"叙事"的角度重新审视什么是语词与图像的关系,更注重通过具体的个案分析两者间的互动机制,勾勒出一个图像叙事的动态发展体系。

文学类图像首先是指向一定文本的,在潘诺夫斯基建立的图像学三层推进模式中,这属于其中的第二层,是作者决定的图像的象征意义。而图像学的第三层模式则要进行历史的重构,超越图像及其所指向的文本,挖掘隐藏在图像的题材和形式下面的意义。以《源氏物语》图像为例,比如对"御法"这一章节的描绘的图像,从《平安源氏绘卷》开始已然形成一个图像群,所有这些图像在图像学的第二层次所指向的都是"御法"这一章节的文本。但是不同时代不同画家对同一章节的图像描绘却又有各自隐含的意义,这些意义反过来又会影响人们对文本的解读。只有找出这第三层的不同意义,才能更深入地研究语图关系研究的变化。然而图像学的一个困境就在于能在何种程度上"重建历史"抑或是"重建方案"。图像与文字都可以解读历史,它们是一种平行的话语体系,两者虽然存在互文关系,但大多数情况下图像有其自身的逻辑。

米克·巴尔从当代符号学出发,着重研究视觉艺术中的符号叙事,她将静止的图像符号引申为动态的行为和事件,提出叙事符号的概念。她对绘画中视线问题如何带动叙事的论述为研究静态图像的叙事提供了新的切入点。米克·巴尔认为在视觉艺术中"符号对于作品的整体解读,可以通过指涉另一个整体的文本作品而向观者传达,这种情形决定了解读模式的话语性"。①正是图像的符号属性,联结了叙事学与图像学的研究领域。米克·巴尔的研究始于叙事学领域,她对视觉艺术的研究结合了符号学与叙事学,把图像作为一种非文字的文本进行视觉叙事的分

---

① [荷]米克·巴尔:《视觉叙事与图像符号》,张方方译,《世界美术》,2017年第2期,第91—97页。

析。在视觉叙事学方面,她的主要研究方法在1991年出版的《解读伦勃朗:超越图文二元论》①中有最详细的论述与示范。

叙事学和图像学双双向符号研究伸出橄榄枝,无论是经典叙事学对文本结构的深层剖析还是后经典叙事学对叙事的文化层面和符号层面的研究都将为传统的图像研究增添新的视角与方法,二者互动共生,开拓更广阔的研究领域。尤其是涉及文学图像,比如本书的研究对象"源氏绘",综合利用叙事学、图像学及符号学的方法则更有利于全面研究文学原著与其衍生图像的关系,从而发现图像叙事自身的媒介叙事特性。

四、主要内容及创新之处

本书主要研究的问题包括《源氏物语》图像叙事的变迁及其原因、图像与文本的关系、图像叙事主要模式、图像叙事的媒介特性,试图在《源氏物语》图像叙事个案研究及以往研究者的基础上更加系统地整理和运用有关图像叙事的理论,从日本美术史的发展脉络及图像与文学叙事互动关系出发,对《源氏物语》图像叙事的建立与发展做一个宏观而系统化的研究。

绪论部分介绍本书的写作缘起与具体的研究思路、研究方法。首先是对图像叙事的概念进行界定,叙事性图像应该包括连续讲述故事的图像和指涉某个故事的图像也即象征性图像。紧接着是图像叙事学术研究史的回顾,梳理国内外图像理论的发展,讨论图像学、符号学及叙事学如何在图像研究领域进行跨学科的运用。

第一章综述国内外《源氏物语》文本研究的历史及图像研究的主要方向与成果。

第二章首先从整体上介绍《源氏物语》文本的流变,《源氏物语》图像

---

① Mieke Bal. *Reading Rembrandt: Beyond the Word-image Opposition*, Amsterdam: Amsterdam University Press.1991.

的谱系。接着以图像叙事的变迁为线索,对平安时代以来的《源氏物语》图像划分阶段,梳理每个阶段图像叙事的功能与绘画形式。然后从图像制作与欣赏的角度分析产生《源氏物语》图像上述这些变迁的社会文化原因。

第三章进入文学与图像关系的探讨。首先对《源氏物语》图像的场景选择研究进行综述,场景的选择是从整体出发,对比图像叙事与小说之间的情节上的互文关系。在这里,图像学的研究方法可以从文化学的角度探究为什么某些情节在某些时代特别流行而某些情节却慢慢被省略了。要着重区分两种视觉化方式的图像叙事插图代表的图解式叙事以及漫画代表的重构式图像叙事。笔者选取《源氏物语》第五章"若紫",通过图像与文本的细读与对比分析,进行图像学的阐释与叙事学的具体分析,以具体的个案来说明图像对文学叙事的接受与重构。通过前述《源氏物语》的图像分析,接下来将尝试讨论图像自身的叙事逻辑与话语。首先要明确图像相对于文字在符号属性上的本质不同,导致其叙事过程中的效果不同。针对《源氏物语》的图像类型,笔者将从时空建构讨论绘卷和屏风的图像叙事;从图像记忆讨论手抄本时代的图像临摹与再创作;最后分析隐喻及象征类的图像如何通过"不在场"来彰显存在感。

本书的创新之处主要是以下三点:

1. 力求全面地掌握《源氏物语》图像资料,并重点针对新出现的或未被深入研究过的图像及文本。如《源氏物语绘词》、《白描小绘卷》、石山寺藏《源氏物语画帖》、《源氏八景》系列、源氏插花谱等。

2. 目前"源氏绘"的研究以个案为主,较少宏观的梳理。本文以图像叙事为线索对庞大的《源氏物语》图像群进行梳理,归纳其叙事模式的变迁。

3. 本书进行重点语图分析的"若紫"卷是《源氏物语》第五卷,是主要人物恋情的开端,最早的图像从平安时代末期开始,脉络较完整,也还没有学者对其进行系统的语图研究。

第一章 《源氏物语》文本及图像研究综述

第一节 国内外《源氏物语》文本研究综述

（一）国内《源氏物语》文本研究

国内对《源氏物语》的研究总的来说比较薄弱。个中原因首先是国内直到20世纪80年代才出现《源氏物语》的译本，比英文译本（末松谦澄：英译《源氏物语》，1872年出版）晚了一个多世纪。目前，国内已经有十几种《源氏物语》的译本，但其中流行最广泛、译文最全面、注释最严谨的还是丰子恺和林文月的版本。本书也将主要以这两个译本作为参考。其次是出于中日两国历史上的纠葛，中国学者对日本文化的研究总是落后于日本学者对中国文化的研究。① 自从丰子恺先生的译文出现后，中国的《源氏物语》研究才真正展开，然而直到最近十年才开始逐渐增加，稳定在每年大约30—40篇研究论文的规模。相比日本本土每年两三百篇的研究论文来说还是规模较小的。

国内学界对《源氏物语》的研究方法目前大致可以分为三个方向。首先是国外研究成果的译介，主要是把日本的"源学"研究成果直接翻译过来。这方面的研究有助于国内一些不会日语的学者了解日本最新最权威的研究成果，是十分必要的。比如1985年翻译出版的日本东京女

---

① 姚继中：《源氏物语研究在中国——研究状况与方法论》，《四川外语学院学报》，2002年第3期，第24—28页。

子大学丸山清子教授的《源氏物语与白氏文集》①，以及姚继中翻译出版的文明史研究家野岛芳明先生所著的《源氏物语交响乐》②，马兴国等翻译的中西进著的《源氏物语与白乐天》③等。

我国对《源氏物语》的自主研究主要是在文学批评和比较文学领域。目前已经出版的专著有陶力的《紫式部和她的〈源氏物语〉》④，钱澄的《从西门庆到贾宝玉：〈源氏物语〉探析》⑤。有的学者从《源氏物语》的人物形象、主题思想及叙事手法入手进行研究，如王向远的《"物哀"与〈源氏物语〉的审美理想》⑥，叶舒宪、李继凯的《光·恋母·女性化——〈源氏物语〉的文化原型与艺术风格》⑦，张哲俊的《〈源氏物语〉中的小说叙事与历史叙事》⑧，李莹的《〈源氏物语〉的解构性阅读》⑨等。从日本文学史角度研究《源氏物语》与其他日本古典文学的关系，在国内的论文中比较少见，主要有姚继中的《〈源氏物语〉和歌艺术风格论》⑩，刘瑞芝的《论〈源氏物语〉与狂言绮语观的关联》⑪，杨芳的《〈源氏物语〉与〈蜻蛉日记〉之间关系探微》⑫。总体来说，国内学术界研究《源氏物语》的学术视角还没有超

① ［日］丸山清子：《源氏物语与白氏文集》，申非译，北京：国际文化出版公司，1985年。

② ［日］野岛芳明：《源氏物语交响乐》，姚继中译，重庆：重庆大学出版社，1999年。

③ ［日］中西进：《源氏物语与白乐天》，马兴国、孙浩译，北京：中央编译出版社，2001年。

④ 陶力：《紫式部和她的〈源氏物语〉》，北京：北京语言学院出版社，1994年。

⑤ 钱澄：《从西门庆到贾宝玉：〈源氏物语〉探析》，苏州：苏州大学出版社，2012年。

⑥ 王向远：《"物哀"与〈源氏物语〉的审美理想》，《日语学习与研究》，1990年第1期，第50—51、72页。

⑦ 叶舒宪、李继凯：《光·恋母·女性化——〈源氏物语〉的文化原型与艺术风格》，《东方丛刊》，1992年第2期，第106—117页。

⑧ 张哲俊：《〈源氏物语〉中的小说叙事与历史叙事》，《国外文学》，2003年第3期，第116—123页。

⑨ 李莹：《〈源氏物语〉的解构性阅读》，《兰州交通大学学报》，2008年第5期，第80—82页。

⑩ 姚继中：《〈源氏物语〉和歌艺术风格论》，《四川外语学院学报》，2004年第5期，第50—54页。

⑪ 刘瑞芝：《论〈源氏物语〉与狂言绮语观的关联》，《浙江大学学报（人文社会科学版）》，2005年第3期，第85—90页。

⑫ 杨芳：《〈源氏物语〉与〈蜻蛉日记〉之间关系探微》，《日本问题研究》，2010年第3期，第51—58页。

出日本学界研究的范围,因而也就很难有更深入的或者是具有创新性的研究成果。

占比例最大的是用比较文学的方法研究《源氏物语》与中国古典文学关系的论文,尤其是《源氏物语》与《红楼梦》的比较研究成果尤为丰富。比较典型的如前述杨芳的博士论文《〈红楼梦〉与〈源氏物语〉时空叙事比较研究》、顾鸣塘的《文化的交融与分流——浅论〈红楼梦〉与〈源氏物语〉的全面比较研究》①。此外也有把《源氏物语》与中国其他古典文学作品进行比较的论文,如张龙妹的《〈源氏物语〉〈桐壶〉卷与〈长恨歌传〉的影响关系》②。从总体上讨论中国文学与《源氏物语》的论著,如高文汉的《试析中国古代文学对〈源氏物语〉的影响》③,叶渭渠、唐月梅的《中国文学与〈源氏物语〉——以白氏及其〈长恨歌〉的影响为中心》④。把《源氏物语》和《红楼梦》进行对比研究,在中国学界远比在日本学界热门,但其中也不免出现"生搬硬比"的现象,比如把《源氏物语》中与光源氏有关的十二位女性与《红楼梦》中的十二金钗分别对应就有些生硬了。

近年来,国内学界对《源氏物语》的研究开始呈现多样化发展的局面。许多学者分别从各自擅长的领域研究《源氏物语》。比如从文化研究的角度切入《源氏物语》,从而对日本文化、日本社会以及民族性进行剖析,如王燕的《从〈源氏物语〉看日本访妻婚习俗中女性地位的转变》⑤、

① 顾鸣塘:《文化的交融与分流——浅论〈红楼梦〉与〈源氏物语〉的全面比较研究》,《红楼梦学刊》,2009年第1期,第60—74页。
② 张龙妹:《〈源氏物语〉〈桐壶〉卷与〈长恨歌传〉的影响关系》,《日语学习与研究》,2007年第4期,第65—69页。
③ 高文汉:《试析中国古代文学对〈源氏物语〉的影响》,《日语学习与研究》,1991年第1期,第56—61页。
④ 叶渭渠,唐月梅:《中国文学与〈源氏物语〉——以白氏及其〈长恨歌〉的影响为中心》,《中国比较文学》,1997年第3期,第53—63页。
⑤ 王燕:《从〈源氏物语〉看日本访妻婚习俗中女性地位的转变》,《克山师专学报》,2003年第4期,第75—77、82页。

邵永华的《〈源氏物语〉与平安文化》①。王辉等的《论〈源氏物语〉的梦及其宗教元素》②分析了《源氏物语》的人物梦境中所呈现的佛教、神道、道教信仰,进而探究作者紫式部的宗教意识,考察并阐释当时的多元宗教信仰。从传播学角度研究《源氏物语》也是近年来的一个潮流如刘金举的《作为"国家认同"工具而被经典化的〈源氏物语〉与"物哀"》③、李光泽的博士论文《〈源氏物语〉在中国的传播与接受》④等。遗憾的是对《源氏物语》的图像研究,国内学界不太涉及,只有少数涉及《平安源氏绘卷》与中国绘画比较的论文,笔者将在后文详述。

（二）日本及其他国家《源氏物语》文本研究

日本的《源氏物语》研究和中国的《红楼梦》研究一样历史悠久,成果丰厚,在日本有"源学"之称。从平安时代《源氏物语》成书之后,对其研究就已经展开,至今已有800多年的历史。日本学者研究《源氏物语》的角度是多样且深入的,从文本到人物的考证,从文字表达到主题思想,从建筑史、音乐史到美术史都有学者进行了细致的研究。由于成果甚多,笔者仅选取其中与本文最相关的方面,如叙事学研究以及最近的研究动向进行综述。

日本的"源学"研究始于平安时代末期。藤原伊行的注释书《源氏释》,被公认为是最早的《源氏物语》研究书。中世的"源学"研究,主要从考证和注解《源氏物语》文本入手。如藤原定家的《奥入》(1233)、四辻善成的《河海抄》(1362)、一条兼良的《花鸟余情》(1472)、三条西公条的《细

---

① 邵永华:《〈源氏物语〉与平安文化》,《韩山师范学院学报》,2007年第1期,第30—33、62页。

② 王辉、梁艳萍:《论〈源氏物语〉的梦及其宗教元素》,《湖北大学学报（哲学社会科学版）》,2017年第2期,第129—135页。

③ 刘金举:《作为"国家认同"工具而被经典化的〈源氏物语〉与"物哀"》,《外国文学评论》,2016年第3期,第127—140页。

④ 李光泽:《〈源氏物语〉在中国的传播与接受》,吉林大学博士论文,2013年。

流抄》(1510-1514)、中院通胜的《崛江入楚》(1598)、北村季吟的《湖月抄》(1673)以及荻原广道的《源氏物语评释》(1854)等都是"源学"入门必读的古注释书。据丰子恺先生的回忆,他在翻译《源氏物语》时同时参考了以上多部注释书。目前值得我们信赖的最早文本,就是由藤原定家整理的"青表纸本"和源光行、源亲行父子整理的"河内本",为当今的"源学"研究提供了非常珍贵的文本资料。《源氏物语》的现代日语译本在日本也有很多种,在此不一一列举。广为人知的几个版本分别是与谢野晶子译本、谷崎润一郎译本和濑户内寂听译本。

　　《源氏物语》相关研究成果的数量令人惊叹,所幸有学者对明治以前的研究做了综合整理,如重松信弘的《〈源氏物语〉研究史》①、武笠正雄的《〈源氏物语〉书史》②等。把《源氏物语》置入物语文学史或日本古典文学史甚至是整个平安时代的历史中研究是进入昭和时代以后的一大研究趋势,南波浩的《物语文学概说》③、竹野长次的《文学中的平安朝文化》④等。到了近代,"源学"从以往的文献学为主的研究转移到文学性的研究,即围绕成立论、主题思想、创作风格、文本结构、文体论等展开研究。其中围绕第一部分"玉鬘"系列章节是否为后来插入的问题而展开的《源氏物语》成立论研究有了许多成果,但成立论几乎所有的证据都来自文本内部,而作品的解读本身就是因人而异的,所以总是没有定论,这成为成立论的一大局限。⑤风卷景次郎的《试论〈源氏物语〉的成立Ⅰ-Ⅱ》(1954)、玉上琢弥的《〈源氏物语〉的成立与构想》(1969)等作为代表性的论著,在

---

① [日]重松信弘:《〈源氏物语〉研究史》,東京:刀江書院,1937年。
② [日]武笠正雄:《〈源氏物语〉書史》,東京:平原社,1934年。
③ [日]南波浩:《物語文学概説》,東京:ミネルヴァ書房,1954年。
④ [日]竹野長次:《平安朝文化:文学より見たる》,東京:東京堂,1941年。
⑤ [日]高田佑彦:《日本的〈源氏物语〉研究》,北京日本学研究中心文学研究室编:《世界语境中的〈源氏物语〉》,北京:人民文学出版社,2004年,第9—15页。

稻贺敬二的《〈源氏物语〉的成立与流传研究》①一书中有详细的整理。

日本现代的"源学"研究,呈现多元化的趋势,研究领域不断扩大,研究成果层出不穷。跨学科的研究也相当活跃,如历史学、宗教、绘画、香道等,把《源氏物语》作为文化研究的资料,如山田孝雄的《〈源氏物语〉的音乐》②。也有从语言学角度进行的《源氏物语》语法与语汇研究,如北山谿太的《〈源氏物语〉的语法》③等。通过检索可以发现,《源氏物语》相关的博士论文就有200多篇,研究者的学科门类主要集中在文学,其中包括前述的文献学、文学史、比较文学、文学理论各个方面。近年来尤其注重对叙事、传播方式、创作方法以及媒介、阅读方式的研究。比如菅原郁子的博士论文《〈源氏物语〉的传播与欣赏研究》④、小川阳子的《〈源氏物语〉欣赏史研究:以续篇的〈山路之露〉〈云隐六帖〉为中心》⑤、金静熙的《源氏物语论:物语的结构与叙事手法》⑥及松山典正的《源氏物语论:主题的叙述方式》⑦、金秀美的《〈源氏物语〉的空间表现及叙事手法》⑧等。跨学科的研究成果也越来越丰富,如三苫浩辅的《〈源氏物语〉的民俗学》⑨等。文化艺术领域包括音乐、建筑、美术都有不少成果,如上原作和的《光源氏物语学艺史:右书左琴思想》⑩、植田恭代的《〈源氏物语〉世界

---

① [日]稻贺敬二:《源氏物語の研究:成立と伝流》,東京:笠間書院,1967年。
② [日]山田孝雄:《源氏物語の音楽》,東京:宝文館,1934年。
③ [日]北山谿太:《源氏物語の語法》,東京:刀江書院,1951年。
④ [日]菅原郁子:《源氏物語の伝来と享受の研究》,专修大学博士论文,2015年。
⑤ [日]小川陽子:《〈源氏物語〉享受史についての研究:続編としての〈山路の露〉〈雲隠六帖〉を中心に》,广岛大学博士论文,2005年。
⑥ [韩]金静熙:《源氏物語論:物語の構造と方法》,东京大学博士论文,2008年。
⑦ [日]松山典正:《源氏物語論:主題を荷う叙述の方法》,立正大学博士论文,2013年。
⑧ [韩]金秀美:《源氏物語論:空間表現と物語の方法》,早稲田大学博士论文,2007年。
⑨ [日]三苫浩輔:《源氏物語の民俗学的研究》,東京:桜楓社,1980年。
⑩ [日]上原作和:《光源氏物語學藝史:右書左琴の思想》,東京:翰林書房,2006年。

的宫廷文化》①等。美术部分将在《源氏物语》图像研究综述部分详述。

日本文学史一般把从《竹取物语》到《源氏物语》以及与其相类似的一系列模仿作品为主的平安时代假名物语称为物语文学。"物语"一词来自日语动词"物語る"（中文可以译为讲故事），因而其本身自然而然带有叙述性，强烈暗示着文本中叙事者的存在。《源氏物语》作为日本古典物语文学的代表，其本身具有很强的"物语性"，但同时，物语又是被写出来的故事，虽然在日本中古时代，物语的阅读过程中伴有朗读与讲述的体验，但与口传文学又有很大不同。因而研究物语文学的叙事就不可避免地同时涉及文本与口头讲述两个方面。藤井贞和认为口诵文学的"讲述"体现了物语长久以来的基底与表现方式，而被"书写"的行为改造之后，才形成了所谓的"物语文学"。②《源氏物语》中时而会出现对事件或主人公的行为评头论足的"侍女"（以侍女或女官身份出现的叙事者），这是其对古代物语文学传统的继承，但这些作为叙述者身份的人物、视角显然比以往的物语文学更加复杂与多样化。因此，对文中多样化的"叙事者"的研究是《源氏物语》叙事学研究的一大侧重点，另外一个侧重点则是对整部作品的文本叙事结构与主题的叙事学分析。

在众多的主旨研究成果中，日本江户时代本居宣长在《玉之小栉》（1796）中提出的"物哀"说，把对文学作品的主题思想从中世开始的佛教及儒家伦理观中解放出来，首次把主旨研究建立在人的体验与情绪之上，阐述了作者紫式部的创作意图，这一理论已经成为《源氏物语》主旨研究的金科玉律，但随着研究的不断发展也出现了一定的时代局限性。阿部秋生在《〈源氏物语〉研究的一个问题》中提出仅仅用"物哀"来总结《源氏物语》的主旨是危险的，应该以动态的眼光去看这部长篇物语的主

---

① [日]植田恭代：《源氏物語世界の宮廷文化》，日本女子大学博士论文，2006年。
② [日]藤井贞和：《源氏物語の始原と現在》，東京：三一書房，1972年。

题思想。①持近似观点的还有武田宗俊的《〈源氏物语〉的主旨》(1953)。

对《源氏物语》的叙事结构研究,从藤冈作太郎提出的依据主角光源氏的年龄划分为少年期、青年期、壮年期、老年期的方式出现了巨大的转变。池田龟鉴在《〈源氏物语〉的构成和技法》中提出以不同女性人物的故事单元分解整个小说,并在其中分为长篇类和短篇类,认为这两类故事是同时进行写作的,据此他提出了"三部构成"的观点,这一观点从小说叙事结构的角度加强了创作主体的研究。②并且从文学史上看,《源氏物语》自身就包含了从古物语的蜕变到后期物语的衍生过程这样的特点,因此"三部构成"说正好也呼应了这一特点,逐渐被学界认可。此外还有森冈常夫在《源氏物语研究》中提出以"美学范畴论"来构架《源氏物语》的小说内容。③高桥和夫在《〈源氏物语〉的创作过程》中提出相比写作顺序,作者构想小说情节的时间点更为重要。④

《源氏物语》的叙事学研究在20世纪70年代主要是从属于物语研究会主导的物语研究,包括对《源氏物语》的神话原型、时空观、引用关系、视点理论等方面的研究。到了20世纪80年代,以罗兰·巴特等学者提出的结构主义经典叙事学及巴赫金的复调理论为理论依据的叙事研究曾经一度引起学界热烈的关注,之后则逐渐失去活力。究其原因,主要集中在对"草纸地"的研究,即叙述者以及叙事聚焦方面的研究,逐渐进入了瓶颈期。对于"草纸地"的概念,中野幸一给出的定义为:"在物语的世界,作者介入其中,时常呈现直接向读者叙述的状态。古代《源氏物语》的注释书中就出现过'草纸地'一词,兼有用物语作者之词、评判之词或

---

① [日]阿部秋生:《源氏物語研究における一問題》,《国語と国文学》,1947年第10期,第20—29页。
② [日]池田亀鑑:《源氏物語の構成とその技法》,《望郷》,1949年第6期,第79—155页。
③ [日]森岡常夫:《源氏物語研究》,東京:弘文堂,1948年。
④ [日]高橋和夫:《源氏物語の創作過程》,東京:右文書院,1992年。

记者之笔等名称代之……所谓'草纸地'即在物语文本中叙述感想、注释、批评以及说明状况等,所谓的作者浮出物语文本表面,直接发话的部分,或者是有意识地以读者为对象呈现叙述者姿态的部分。"①这种文体有些类似于中国古代话本小说或章回小说。

20世纪90年代之后,"草纸地"研究领域的主要成果就是玉上琢弥提出的"物语音读论"。玉上琢弥认为:"《源氏物语》中的叙述者是以女房(侍女)的实体形象存在,记录以前的女房亲历之见闻,或者把既有的故事文本以讲故事的方式重新演绎。"②也就是说,《源氏物语》的叙述者有三种情况:首先是对主人公的事件有亲身见闻的年长侍女(见闻者或说话者),第二是记录年长侍女所说内容的侍女(记录者或听者);另外,还有配合绘画朗读物语文本的侍女(关照者或朗读者)。"物语音读论"提出的阅读模式是以侍女朗读文本配合绘卷欣赏的形式进行的,与近代以来以单一的视觉进行阅读在感官上存在巨大的差别。朗读式的讲述不可避免地有日语敬语的使用,从而引起微妙的情感变化,再加之对绘画的视觉欣赏,感性体验要比纯视觉的文字阅读强得多。尽管"物语音读论"在中古时期默读与朗读共存的阅读状况中有多大的有效性暂且不知,玉上琢弥的这一分类还是对长期以来仅仅以视觉文字阅读为讨论对象的学界产生了巨大的冲击。其对于叙述者的分类不仅是从功能上的区分,其实也从物语生成、传播的过程进行了三个阶段的划分,并进一步引发了学界对叙事视角的讨论。其中高桥亨认为:"叙述者以实录者的方式出现,但并不作为有实际身份的实体,即某个侍女人物登场,具有多

---

① [日]中野幸一:《源氏物語における草紙地》,三谷邦明、東原伸明編:《源氏物語•語りと表現》,東京:有精堂出版社,1991年,第104—105页。

② [日]玉上琢弥:《源氏物語の読者——物語音読論》,选自《源氏物語研究》,東京:角川書店,1966年,第247—265页。

种视角及功能的'作者'才是进行《源氏物语》写作表现的主体。"①他最后提出一个形象的总结,认为所谓作者是可以自由变换视角的、统一物语文本虚构世界的精灵。对此,三谷邦明提出了异议,他认为文本内出现的叙述者与整个叙事文本的讲述者应该明确地区分对待,而针对高桥氏把"叙述者是作者在文本中的各种分身"的观点,他更倾向于认为文本中的"隐含作者"才是统一整个文本的关键。至此,基本上对叙述者的研究就围绕着高桥亨与三谷邦明的两种基本观点延续下来。

关于文体论和文字表达的研究则涉及细致的词汇考证,与叙事话语分析及主旨研究相关,积累了很丰富的成果。其中由文体与叙事表达的研究引申出来的对叙事结构与叙事者的研究占了很大比重。20世纪80年代之后,一些日本学者已经开始着眼于《源氏物语》中的敬语表现,扩大了叙事学研究的范围,也逐渐偏离了原先的研究方向。叙述中的敬语表现,不但可以暗示叙述者的身份地位,也可以由此分析叙述中出场人物之间的相互关系。比如开篇第一卷《桐壶》中的对桐壶更衣的存在使用了"ありけり"(古代日语中表示过去传闻的助词)而不是敬语,但对女御则使用了敬语,从而暗示了叙述者的地位应该位于更衣与女御两者之间,比如典侍这样的身份。虽然叙事者的身份并没有直接描述出来,但实际上却由敬语的使用而被限定了一定的身份地位,从而有了特殊的叙事视角。②因此,关于《源氏物语》叙述者的研究就不能仅仅着眼于有明确叙述者出现的"草纸地",也应该结合这一类叙述中的隐含叙述者。

《源氏物语》的行文有一大特点:从一般描写到人物会话、人物心理活动,三者之间的转换很多时候是悄无声息地完成的,也就是说在文中没有明确的文字提示会话的开始或心理描写的开始,再加上日语省略主

---

① [日]高橋亨:《物語絵と遠近法》,東京:ぺりかん社,1991年,第9—14页。
② [日]東原伸明:《研究史と展望源氏物語》,选自東原伸明、三谷邦明编:《語りと表現》,東京:有精堂出版社,1991年,第242—257页。

语的语言习惯,主体的变化也没有明确提示。西尾光雄针对这一表达特点提出了"体验话法"(体验式叙述)这一概念:"作者把登场人物的体验原原本本加以描述,是一种间接叙述的方式,是情感的表现手法。这种在一般描写与对话、心理描写间自由切换的手法正是体现了隐含作者与人物的心理重合,部分同化的表现。"①

欧美的《源氏物语》研究开始于20世纪初,英国著名翻译家阿瑟·威利(Arthur Waley)的英译本在1925到1933年出版后,备受关注,吸引了许多欧洲读者。唐纳德·金教授甚至认为威利的英译本是至20世纪出现的最为优秀的英语语言艺术作品。迈克尔·埃默里赫(Michael Emmerich)撰写的《源氏物语:翻译、经典化、走向世界文学》,从文化研究和传播学的角度探讨《源氏物语》的英语翻译文本起的作用及其读者接受,并系统地探讨了《源氏物语》在各历史阶段传播媒介的变化,以及最后如何一步步走向世界文学的地位。②

至今,《源氏物语》已被翻译成法语、德语、俄语、中文、韩文等20种语言。在韩国,柳呈所译的韩译本《源氏物语》1975年正式出版,这是首部正式出版的韩译本。在世界其他各国,《源氏物语》的研究也颇有成效。由法国巴黎大学东洋语言学院的名誉教授、被视为当今法国日本古典文学研究界首屈一指的勒内·希费尔(René Sieffert)翻译的法语全译本《源氏物语》,于1988年与法国读者正式见面,该书共分两卷,在翻译的准确性和文学底蕴上,被学界认为是日本文学法译的上乘之作。法国学者对"源氏绘"的研究也成果显著。埃斯特尔·莱格里·鲍尔(Estelle Leggeri-Bauer)编著的《源氏物语》③是在2008年《源氏物语》千年纪之时

---

① [日]西尾光雄:《源氏物語における体験話法(erlebte Rede)について》,《実践女子大学紀要》,1952年10月。

② Michael Emmerich. *The Tale of Genji: translation, canonization, and world literature*, New York: Columbia University Press, 2013.

③ Estelle Leggeri-Bauer. *Le Dit du Genji*, Paris: Diane de Selliers, 2007.

出版的以欧美各大博物馆收藏的"源氏绘"图像的汇总。这部著作的诞生为"源氏绘"欧美部分的研究提供了很大的帮助。

第二节　《源氏物语》图像研究综述

《源氏物语》图像研究在国内还处于相对空白阶段。目前可以检索到的关于《源氏物语》图像的研究集中在《源氏物语绘卷》，也就是前述的《平安源氏绘卷》。仅有的两篇硕士论文都是以中日比较的方式展开研究的，着眼点都在中国绘画对日本绘画的影响上。王慧玲的《看似相同与不尽相同：从〈韩熙载夜宴图〉探日本〈源氏物语绘卷〉》[①]，以比较研究的方式，对比了中日绘画史上这两幅叙事画名作，从创作思想渊源、绘画风格、审美特征出发，发现两幅画共同的中国元素，同时更进一步剖析了《源氏物语绘卷》的日本式构图、抽象的造型、装饰的色彩、物哀的审美等，以此个案研究探讨日本民族吸收异质文化的态度。周频的《〈源氏物语绘卷〉的中国画元素研究》[②]直接用中国绘画的美学理念对《源氏物语绘卷》进行了形式分析与美学理念探析，虽然中日两国的绘画交流源远流长，但是分析日本大和绘时直接套用中国绘画美学的概念还是稍显牵强。

事实上对《源氏物语》相关图像的研究，从二十世纪六七十年代兴起，直至图像日益被关注的当代，其研究热度经久不衰，横跨多个学术领域，涉及日本、欧美众多国家的学者，俨然已是日本艺术史图像中的一大热点。

（一）作为艺术史经典的"源氏绘"研究

艺术史学科范围内展开的"源氏绘"个案研究及整体风格史研究是

---

① 王慧玲：《看似相同与不尽相同：从〈韩熙载夜宴图〉探日本〈源氏物语绘卷〉》，曲阜师范大学硕士论文，2014年。

② 周频：《〈源氏物语绘卷〉的中国元素研究》，浙江师范大学硕士论文，2009年。

有关《源氏物语》图像研究的起点,这部分研究成果占比重最大,也是开展《源氏物语》图像研究必不可少的基础性研究。大部分学者从流派传承、绘画技法、作品考证、风格研究等方面切入,其中对《平安源氏绘卷》的研究成果尤为丰富,此外也涉及其他"源氏绘"作品,包括一些收藏在欧美博物馆中的"源氏绘"。早在20世纪60年代,日本著名美术史家、东京大学教授秋山光和的博士论文《平安时代的风俗画研究》①中就专门对《平安源氏绘卷》进行了全方位的考证及解读,并与其他相关物语绘卷进行比较研究,全面展现了平安时代(794—1192)绘画制作的情况,可谓日本中古绘画研究的集大成者。时隔30年,学习院大学教授佐野翠完成了博士论文《风流造型物语——日本美术的构造与样式》②,她把《平安源氏绘卷》作为博士论文下半部分"物语与绘画"的中心作品,将其放置在整个日本美术史的背景中去考察其艺术风格与技法特征、审美理想以及其在整个日本绘画史中的地位,并讨论了物语画的叙事方法、图像与文学的关系,等等,是日本学者此类研究中难得一见的、颇具宏观视野与理论思辨的著作。

同时也有许多学者从艺术史的流派、样式、风格变迁等角度出发进行研究。如三宅秀和的《狩野光信与大和绘及源氏绘》③从日本美术史上著名的流派入手,以流派传承为切入点探讨"源氏绘"的图像变迁;也有学者以某种典型的绘画样式为例来探讨不同绘画媒介导致的不同图像传达效果,如龙泽彩的《源氏绘的"表"与"里":以扇面画与册页为中心》④等;也有以绘画样式为线索,如内藤正人的《〈源氏绘〉的继承与创造——

① [日]秋山光和:《平安時代世俗画の研究》,東京:吉川弘文館,1964年。
② [日]佐野みどり:《風流造形物語——日本美術の構造と様態》,东京大学博士论文,1998年。
③ [日]三宅秀和:《狩野光信とやまと絵,そして源氏絵》,《聚美》,2014年第10期,第36—49页。
④ [日]龍澤彩:《源氏絵の"表"と"裏":扇面画と冊子表紙絵を中心に》,《金城日本語日本文化》,2013年第3期,第1—11页。

绘卷到扇面再到屏风直至江户时代的浮世绘》①梳理了"源氏绘"在不同的绘画形式中传承发展的历史,以"源氏绘"为线索串联日本美术史上的重要时期,进而从一个侧面研究日本绘画的风格变迁问题。以上研究充分体现了"源氏绘"作为日本美术史上的重要类型,不但具有绘画形式的多样性、创作阶层的复杂性,同时也具有创作年代的跨时代延续性,但总的来说这部分研究基本没有跳出风格史与形式分析的框架。

图像学作为唯一在艺术史学科领域内诞生的研究方法,在欧美艺术史界已有很悠久的学术传统。阿瑟·威利(Arthur Waley)的英译本在1925年到1933年出版后,《源氏物语》正式进入欧美学者的视野。哥伦比亚大学教授村濑实惠子撰写的《源氏物语图像志》②为英语圈学者提供了最基础的图像梳理与图像志描述,从而为进一步研究《源氏物语》系列图像打下了基础。

20世纪70年代以后,受后现代主义思潮影响,新艺术史的风潮席卷欧美艺术史学界,马克思主义政治、社会和历史理论以及女性主义批评、精神分析理论等被广泛应用到艺术作品的分析与阐释中。然而这些西方新艺术史方法论介入"源氏绘"这种日本传统绘画题材时,不可避免地产生了一定程度的"水土不服"与滞后性,因而一开始这些新的理论应用也主要体现在一些具有欧美学术背景的学者的研究中。20世纪90年代以后,更多学者开始从视觉文化的角度结合人类学、社会学、传播学及政治学的研究方法,研究《源氏物语》图像的制作、传播及受众的问题,探讨"源氏绘"的鉴赏方式及相应的图像形式的变迁。

20世纪末至21世纪初,有关《源氏物语》的图像研究开始广泛涉及

---

① [日]内藤正人:《〈源氏絵〉の継承と創造——絵巻·扇面から屏風絵、そして江戸浮世絵へ》,《国文学 解釈と教材研究》,2005年第4期,第36—45页。

② Miyeko Murase. *Iconography of The Tale of Genji*, Tokyo: John Weatherhill, Inc. of New York and Tokyo, 1983.

与图像生产相关的社会、政治、文化领域。传统的"源氏绘"研究开始从单纯的美术技法、风格、流派传承及断代等研究转向美术作品与社会、政治、文化之间的互动关系的研究。三田村雅子的系列论文和著作探讨了日本古代社会中《源氏物语》是如何从女性物语文学成为那些争夺政权的男性们确保其权利正统性的文本。①另有哈佛大学教授M•麦考米克（Melissa Mccormick）对斯宾塞基金会收藏的十卷本源氏物语绘卷进行了考察，确认这部"源氏绘"中对"明石姬"一族的强调，并且着力刻画物语中的侍女形象，认为这部作品尤其体现了对女性作家以及女性读者的关注。②另外，她还在自己的博士论文中从视觉文化角度考察了哈佛大学所藏土佐光信笔《源氏物语画帖》的制作情况，对"源氏绘"制作过程中的订购人、参与制作的绘师与书写绘词的贵族们之间合作与矛盾进行了详细的分析，从而得出此画帖表达的是武家对王朝文化和京都贵族文化沙龙的憧憬的结论。③

（二）作为视觉文化的《源氏物语》图像世界研究

近年来，随着"视觉文化"研究的兴起，许多以往并不被学者所重视的大众视觉图像材料都被纳入研究的视野，也让图像研究更倾向于多种理论甚至跨学科合作，从单一的美术研究或文学图像研究走向更广阔的文化研究。在《源氏物语》图像研究领域，以江户时代作为分界点，逐渐分为传统大和绘类型的"源氏绘"和以浮世绘为代表的印刷图像，前者继续着"源氏绘"所代表的王朝风雅，后者则是日益勃兴的庶民文化在视觉

---

① ［日］三田村雅子：《源氏物語の政治学：教育システムとしての〈源氏絵〉と〈雛〉》，《日本文学》，2007年第3期，第52—59页。

② ［美］Melissa McCormick：《源氏の間を覗く》，选自三田村雅子，河添房江编：《描かれた源氏物語》，東京：翰林書房，2006年。

③ Melissa McCormick. *Genji goes West: The 1510 Genji Album and the visualization of court and capital*，The Art Bulletin, Mar,2003,p.54-85.

上对所谓"高级传统"的模仿与挑战。因而《源氏物语》的视觉文化研究不仅仅是针对现当代的《源氏物语》图像,也包括江户时代生产的众多"俗化"的《源氏物语》图像。

立教大学与巴黎东方语言文化学院(INALCO)在2006、2007年举办的两次国际学术研讨会强有力地促进了这方面的研究。2006年在立教大学举办的是以"图像•性别•源氏文化"为主题的研讨会,2007年在巴黎举办的是以"源氏物语的文化史——宗教、艺能、美术"的综合研讨会。两次会议成果在2008年集成论文集《源氏物语与江户文化——可视化的雅俗》。①其中多篇论文从浮世绘、源氏绘本、歌舞伎等视觉形式探讨了和《源氏物语》相关的视觉材料如何为江户文化史增添色彩,以及在与文学相关的宗教、艺能、艺术领域中《源氏物语》的图像又带来了哪些视觉效果。在这部论文集中,中川成美的《〈源氏物语〉的文化形象与视觉性》一文首次论述了《源氏物语》的视觉产物中"雅文化"幻想对近代日本民族共同体的形象的塑造起了关键作用。②至此,《源氏物语》的图像研究不但引入了艺术与文学领域最前沿的方法论,更开始挖掘这些视觉材料之下所隐含的更深层次的文化与政治内涵。

从研究对象上来看,《源氏物语》的视觉化产物除了经典的绘画之外,现当代还涌现出许多漫画、动画、电影、戏剧等各种图像化形式。比如电影类的作品从1951年吉村公三郎导演的《源氏物语》开始,陆陆续续已经有将近10部作品,基本上每5—15年就会有一部《源氏物语》改编的电影上映,其中也不乏一些脍炙人口的作品。对于这些影视化的图像研究,日本学界很早就有学者涉及,如秋山虔在1953年就发表了关于

---

① [日]小嶋菜温子、小峯和明、渡边宪司编:《源氏物语と江户文化——可视化される雅俗》,東京:森話社,2008年。

② [日]中川成美:《〈源氏物语〉の文化イメージとヴィジュアリティ》,选自倉田実编,《现代文化と源氏物语》,東京:おうふう出版社,2007年,第355—371页。

《源氏物语》的电影和戏剧的评论①,2001年电影《源氏物语千年之恋》及2011年《源氏物语千年之谜》两部电影上映前后又有少数学者发表了相关论文,但影视研究始终没有形成热点,还有较大的研究空间。相比之下,我国学者对于四大名著的影视改编的关注程度显然要高得多,仅《红楼梦》的影视相关论文就有近200篇。究其原因,从改编作品本身来说,《源氏物语》的影视剧改编显然没有漫画改编脍炙人口,目前也还没有出现长篇正剧形制的《源氏物语》电视作品,而电影则比电视剧进入大众视野的概率要更小。②

　　另一方面,漫画作品创作一直是现当代《源氏物语》图像化的重镇。自20世纪90年代大和和纪的系列漫画《あさきゆめみし》(可译为《浅梦》,台版直接译为《源氏物语》)出版以来,《源氏物语》相关的漫画改编根据不同的读者,呈现出更加细分化的特征,形成了两大主题:《源氏物语》或其改编的漫画作品群,以《源氏物语》与阴阳道关系为主题的作品群。仓田实在《现代漫画中的平安时代作品》中详细介绍了《源氏物语》漫画作品的发展轨迹,并对其进行了细化分类。③

　　图像复制时代的"源氏绘"已经形成了一个与《源氏物语》原文相距甚远的独立的图像世界。

　　(三)作为文学与图像连接点的《源氏物语》图像研究

　　二十世纪六七十年代,由于受到西方结构主义语言学及分析批评理论的影响,《源氏物语》的文学研究尤其关注文本的话语分析,产生了与物语中的"叙述者"及"草纸地"相关的大量论文(详见前文关于《源氏物

---

① [日]秋山虔:《古典と現代:〈源氏物語〉の映画・演劇化をめぐって》,《日本文学》,1953年第8期,第37—42页。

② 2020年上映的《いいね!光源氏くん》(《真不错!光源君》)直接改编自同名漫画。

③ [日]倉田実:《現代マンガの平安物》,选自倉田実编:《現代文化と源氏物語》,東京:おうふう出版社,2007年,第171—200页。

语》文本研究的综述）。同时期的日本艺术史界则相对比较孤立,对新理论的导入较为消极。到了20世纪80年代,状况发生了较大改变。艺术史界主动吸收了W·伊瑟尔的接受美学理论,究其根本原因是伊瑟尔理论中对"文学形象形成过程"与著名美术史学者贡布里希关于美术作品形象形成的观点不约而同。接受美学理论对艺术史学者解读作品的立场与方式都产生了巨大的冲击。尤其是随着文学研究界对"《源氏物语》是怎样被阅读的以及被何人阅读"等问题的研究,"源氏绘"的研究也有了新的发现,如岩坪健撰写了关于《源氏物语》相关的文本、注释书、绘画、花道方面的传播与鉴赏史,对于综合了解《源氏物语》的传播和接受意义重大。①

同时,以罗兰·巴特等学者提出的结构主义经典叙事学及巴赫金的复调理论为理论依据的叙事研究一度引起文学界的热烈关注,20世纪90年代后又逐渐冷却,但"文本"的观念已然普及。随着茱莉娅·克里斯蒂娃的《小说文本》(1970)一书日文译本在1985年正式出版,"互文性"一词逐渐引起日本学界的重视并逐渐蔓延至图像研究领域。20世纪90年代开始,艺术史界与文学界的互动真正展开了。许多经典的"源氏绘"作为一种"文学图像文本"重新走入学者的视线。从《源氏物语》绘画与文学的关系出发,包括语图互文关系分析、图像化的场景选择以及图像叙事手法等继而成为"源氏绘"研究的另一个重要领域。《平安源氏绘卷》的绘词是从《源氏物语》原文中直接抄录的,虽然不完整,但却是距今年代最久远的《源氏物语》文本,所以历来受到古典文学研究界的重视,对其研究也较彻底。早在20世纪60年代,中村义雄就把《平安源氏绘卷》绘词与《源氏物语》原典进行了详尽的比较研究,为该绘卷的语图互文研

---

① [日]岩坪健:《源氏物语の享受:注释·梗概·绘画·華道》,大阪:和泉书院,2013年。

究打下了重要基础。①

　　《源氏物语》语图关系研究在早期主要体现在对"场景选择法"的探讨上。菊地绚子的《近世源氏绘的场景选择与〈源氏物语〉的阅读》、土方洋一的《〈源氏物语〉绘画的场景选择》和秋山光和的《王朝绘画的诞生》都对场景选择的理由提出了各自的看法。由于《源氏物语》这样的长篇小说每一章节中都有许多事件，选择什么样的场景进行图像化表现往往体现了画师自身对文本的理解以及图像叙事功能的理解，是对文字的图解补充还是扩展或是渲染故事氛围，又或是企图建构独立的图像叙事世界。详尽而全面的场景选择比较研究可以对比历时性的图像叙事侧重点的变化，也可以从某一场景在不同时期的不同表现出发，以图像学或社会学的方法研究其背后的深层原因。或者从纯粹的图文关系出发，也可以在场景选择的部分对比图像叙事与文字叙事的不同侧重点。场景的选择是从整体出发对比图像叙事与小说之间的情节上的互文关系。

　　前期美术史界在传统艺术史范围内大量的"场景选择"研究为作品风格及断代提供了翔实的判断依据。学习院大学教授千野香织对《平安源氏绘卷》的研究可以说是语图关系与图像研究的转折点，她提出了日本绘画是"时间与空间的统合"这一观点，并对《平安源氏绘卷》的"蓬生"段进行分析，证明如何在静止画面中融合物语的多个情节。同时她也把新艺术史中的性别理论等艺术社会学方法引入"源氏绘"的研究。②由此展开了诸如对"垣間見"③等典型的具有性别意识的场景的研究。这类研

---

① ［日］中村義雄：《絵卷物詞書の研究》，筑波大学博士论文，1983年。
② ［日］千野香織：《"日本的"空間のジェンダー（私の日本空間論）》，《建築雑誌》，1993年第5期，第33页。
③ 日语"垣間見"指的是男性在暗中窥视女性活动的场面，在物语绘画中常常出现。此类研究最著名的是 Joshua S. Mostow 对于"桥姬"段的研究，他认为该场景中男性通过注视把女性作为性欲的对象。

究从性别视角延伸至社会、政治领域,探讨绘画作为一种意识形态的表象如何体现来自各方面的话语。

20世纪90年代之后有许多学者针对"源氏绘"的语图关系进行了更为综合而缜密的个案研究,典型的如大都会博物馆研究员渡边雅子的博士论文,以《平安源氏绘卷》为中心,探讨了绘卷的形式如何对复杂的心理小说进行图像化,他认为段落式构图的物语绘卷并不是对文本情节进行说明,而是为了让读者加深对文本所描绘场景的感性想象。①神林菜穗子把《平安源氏绘卷》中的风景部分抽出,与原文中的和歌进行对比分析,认为风景的描绘不单单是背景,而是依据和歌来表现人物的心境,具有很强的象征意义。②

叙事学真正与符号学、图像研究相结合还要归功于荷兰学者米克·巴尔。米克·巴尔关注的是图像内在的连续性和动态特征,她把叙事学中的"聚焦"概念引入艺术研究。在文学叙事中,聚焦指的是通过作品中人物的视角去观察和描述其所在的世界。米克·巴尔利用"聚焦"的概念讨论绘画中人物的视线和动态所具有的描述与再现功能,以及其与画外观看者之间的视线的互动。加藤哲宏在《图像与文本:故事画与解释的问题》(1999)中对米克·巴尔的视觉符号叙事理论给予了相当高的评价,并认为这是今后的图像研究领域解决图像学的语境还原困境的有效途径。③与米克·巴尔的著作《解读伦勃朗:超越图文二元论》④几乎同时出

---

① Masako Watanabe. *Narrative framing in handscrolls and "The Tale of Genji" scrolls*, UMI Company, 1995.

② [日]神林菜穂子:《物語絵巻における和歌景物の研究:国宝源氏物語絵巻久保惣本伊勢物語絵巻を中心に》,筑波大学博士论文,2004 年。

③ [日]加藤哲宏:《イメージとテキスト——物語絵画を解釈の問題》,《西洋美術研究》,1999 年第 1 期,第 141—154 页。

④ Mieke Bal . *Reading Rembrandt: Beyond the Word-image Opposition*, Amsterdam :Amsterdam University Press.1991.

版的《物语与绘画的透视法》①中,高桥亨提出了物语绘画与同时期的物语文学具有相同特质的叙述方式,将其命名为"心的透视法",并通过比较原文本与绘词,提出画面观察者的变化会导致视点的变化,并不是根据时间线性在空间的拼合,而是时间空间综合的视角变化,这可以说是对长期以来以西方焦点透视为根据的东亚绘画"散点透视"观提出了相对本土化的阐释。高桥亨的研究实际上也是以符号学与叙事理论对物语绘画图像叙事手法的研究,与米克•巴尔可谓异曲同工。久下裕利在其专著《阅读源氏物语绘卷》②(1996)中以绘卷中透视视点的变化为切入点,具体分析了源氏物语绘卷如何通过视线的变化进行图像叙事。这部专著是受米克•巴尔视觉符号叙事理论影响的典型成果。

另一方面,文学研究领域也出现了探讨《源氏物语》文本中有关绘画的描写以及行文中经常出现的"如画的"比喻的论著,如清水妇久子的《源氏物语的绘画性》③等。池田忍的《绘画性叙事的范围——以〈源氏物语〉为中心》则以性别理论分析了《源氏物语》文本中关于绘画的描述所体现的引申内涵。④也有学者通过对《平安源氏绘卷》语图分析及词书与原文本的对比分析,认为许多先于《源氏物语》文本的物语绘的图像反而让物语本身陷入类型化的境地。

前辈学者对《源氏物语》图像的研究从史料考证、技法研究及风格研究等方面的深度与细致程度令笔者深感佩服,其横跨多个学科的研究方法也为笔者提供了许多新的思路。尤其日本学界文学绘画研究界的老中青三代对于《平安源氏绘卷》这部重要作品的不懈研究与科学复原,为"源

---

① [日]高橋亨:《物語と絵の遠近法》,東京:ぺりかん社.1991年。
② [日]久下裕利:《源氏物語絵巻を読む——物語絵の視界》,東京:笠間書院,1996年。
③ [日]清水婦久子:《源氏物語の絵画性》,《比較日本学教育研究センター研究年報》,2009年第3期,第91—98页。
④ [日]池田忍:《絵画言説の位相(序説)——〈源氏物語〉を中心に》,《史論》,第54卷,2001年,第61—82页。

氏绘"的研究树立了一个经典的研究模式。欧美学术系统的学者则更倾向于用新的方法论介入"源氏绘"研究,为这一古老的绘画研究带来了许多新的冲击。但遗憾的是,目前对《源氏物语》图像从图像叙事角度进行的研究还缺乏系统性的梳理,尤其是缺乏具有历史纵深性的探讨,关于其图像叙事的媒介特点也不见有综合的研究。这将是笔者在本书中努力尝试的部分。

第二章 《源氏物语》图像叙事的变迁与原因

"源氏绘"在整个日本绘画史上占有十分重要的地位,不仅仅因其存世数量多,更因其绘画样式丰富,且参与画家也几乎覆盖了日本画坛的主流画派和重要画师。面对这样庞大的图像群,本章的主要研究目的是在平安时代到现当代这样一个跨越千年的漫长时期中,梳理《源氏物语》的图像叙事模式或叙事特点的变化,以及产生这些变化的原因。研究这个问题的过程中遇到的最大难点是:以什么线索来梳理数量庞大的《源氏物语》图像的叙事变迁?是以历时性的方式突出不同时代的历史文化对图像叙事的影响,还是以绘画作品不同的物理存在形式来引出叙事模式与绘画样式间的关系?通过大量的图像比较与分析,笔者最后以图像的样式为线索,在图像这一媒介中进一步细分,总结不同样式的图像特点及其对应的叙事模式。日本绘画中的各个样式都有其特别兴盛的时期,以样式为线索在某种程度上也结合了各个时期的历史文化。本章后半部分对图像叙事变迁原因分析,笔者考虑的就不仅仅是图像样式对叙事模式的影响,而是要从样式的改变这一根本问题上来探讨,以受众的欣赏方式转变及生产技术的革新作为最主要的两个原因。

首先,在进入"源氏绘"图像叙事探讨之前,有必要理清存世"源氏绘"的基本谱系,明晰图式传承关系及不同样式的"源氏绘"之间的相互影响关系。具体涉及的流派及画师详见附表二。

从绘画样式上来说,最早出现的"源氏绘"应该是手卷形式的绘卷。

现存最早也最典型的例子就是分藏于五岛美术馆与德川美术馆的唯一一件平安时代的源氏物语绘卷，即《平安源氏物语绘卷》。物语绘卷诞生在平安时代，是日本古代贵族文化休闲生活中不可或缺的一部分。与物语绘卷几乎同时出现的是屏风画、色纸画和扇面，包括《源氏物语》四季屏风、色纸交贴屏风、扇面屏风等。镰仓时代开始，出现画帖式的"源氏绘"图册，采用类似细密画风格，精选54帖内容装订成册。这种精美画帖的制作一直流行到江户时代，成为富裕阶层女子嫁妆中彰显身份地位的一部分。一般来说，同一流派各个形式的"源氏绘"之间往往存在图式之间的继承关系。江户时代后，随着印刷插图本《源氏物语》的图样普及，流派之间的区别逐渐消失，因而出现了很多难以辨别流派的匿名作品。

从流派上看，历史上绘制过"源氏绘"的画师有很大一部分归属于土佐派及狩野派，此外还有土佐派的分支住吉派等，这些流派都曾是历史上著名的御用流派。到了江户中晚期，由于富裕的市民阶层对"源氏绘"的需求增加，许多民间绘师也加入了"源氏绘"的制作，如琳派著名的俵屋宗达、尾形光琳等。

从参与绘画制作的流派构成看，江户时期可以作为一个大的分界点。此前"源氏绘"的制作基本上出于御用画师（土佐派及狩野派）或其工坊之手，只有少数白描小绘卷出自贵族之手。江户之后则不限于御用画师，像琳派的俵屋宗达、岩佐派的岩佐又兵卫等民间画师也积极地参与"源氏绘"的制作，并形成了自身独特的风格。

土佐派被认为是继承日本大和绘传统的主流画派，数代供职宫廷画院并担任"绘所预"（画院负责人）。土佐派是历史上制作"源氏绘"最多的流派，大约从室町时代末期到桃山时代（16世纪至17世纪），土佐派基本上完善了"源氏绘"的场景选择、构图、人物造型、细密画技法等各个方面，尤其是小型的细密画风"源氏绘"（扇面、画帖、绘卷等）被称为土佐派的家传绝技。目前遗留的"源氏绘"中,哈佛大学藏土佐光信《源氏物语画帖》、京都国立博物馆藏土佐光吉·长次郎《源氏物语画帖》、和泉市博物馆藏土佐光吉《源氏物语手鉴》等都是制作极为精良且流传有序的标准作品。土佐派的"源氏绘"制作一直延续到江户时代。室町时代末期的《源氏物语》概要书《源氏小镜》在1657年由安田十兵卫出版,添加的插图基本上来自京都国立博物馆藏《源氏物语画帖》和堺市博物馆藏传土佐光则《源氏物语图色纸》。这部插绘本的刊行对土佐派的主流"源氏绘"图样的传播和普及起到了积极作用。住吉派则是土佐派进入江户时代后的分支,在绘画创作上继承了土佐派的风格,同时也呼应江户市民的文化需求,在创作中有一定创新。

狩野派被江户幕府重用之后也开始进行"源氏绘"的制作,其制作规模并不亚于土佐派。狩野派擅长和汉风格融合的大型障壁画的创作,因而狩野派的"源氏绘"中有许多源氏物语屏风和障壁画。狩野派的"源氏绘"一开始是因袭土佐派的图样,在创作过程中逐渐形成了自身的风格,尤其是在大型障壁画领域内,狩野派为"源氏绘"的创作增添了许多新的元素与样式。从早期的狩野永德到江户末期的狩野晴川院养信,狩野派的中流砥柱几乎都对"源氏绘"有所涉猎。

以俵屋宗达为首的琳派"源氏绘"作品代表了以市场需求为主要创作动机的民间画师对古典题材的处理。从俵屋宗达的许多作品来看,很显然,他对日本古典文学是熟悉的。但他作为民间画师,面对的客户阶层范围较广,因而有了更加自由的创作空间。俵屋宗达的作品多为装饰性较强的屏风,对"源氏绘"从小画面走向大画面构图做了革新性的尝试。

岩佐派以岩佐又兵卫为代表,虽然不是正式的御用画师,但他在17世纪中晚期曾服务于江户幕府将军及各地的大名,他所涉及的绘画题材既有日本传统物语、当世艺能及风俗,也有中国古代故事,其绘画风格融合汉画与大和绘,细节上继承了许多土佐派的传统技法,在人物造型中有被称为"丰颊长颐"的面部特点,在处理贵族男女人物题材时又发展出独特的艳俗化的图式,表现出强烈的个人风格。可以说在传统"源氏绘"领域,岩佐又兵卫是最后一个创新者,也是连接传统"源氏绘"和浮世绘的纽带式人物。在他去世之后,"源氏绘"创作的舞台就开始向浮世绘转移,岩佐派的图式也影响了浮世绘画师菱川师宣以及《十贴源氏》插图版画[①]。岩佐又兵卫去世于1650年,正好是山本春正《绘入源氏》首次刊行之年,历史的巧合意味深远。

江户时代中晚期之后,由于印刷本《源氏物语》绘本的出现,尤其是承应版山本春正《绘入源氏》(1654)、野野口立圃《十帖源氏》(1654)这样的插图丰富的版本的出现,许多画师都不同程度地借鉴了插图本的图样,创作逐渐向印刷本的插图图样靠拢,进而丧失了流派的独特风格,场景选择也进一步定型化。如此一来,江户时代出现的一些匿名作品就很难从构图和场景选择上确定作者所属的流派。

浮世绘[②]画师中涉及"源氏绘"创作的人物首先要提到的是菱川师宣(?—1694)。他在当时画坛以描绘江户当下风俗而闻名,同时也擅长许多日本古典题材的物语绘。菱川师宣执笔的《源氏大和绘鉴》积极地融合了《源氏小镜》中的土佐派"源氏绘"图样,而他本人也自认为传承了土佐派画风。尽管菱川师宣以及其后的追随者一直被土佐派画师批判,他还是自称"日本绘师"或"大和绘师"。由于当时的土佐派传人土佐光起在《本朝画法大传》中对浮世绘画师们自称土佐派传人一事表达了极度

---

① [日]阿美古理惠:《菱川师宣の源氏绘.岩佐又兵卫と源氏绘——〈古典への挑战〉》,东京:出光美术馆,2017年。

② 这里的浮世绘是作为题材上描绘江户时代风俗的绘画的专有名词,其中有许多是肉笔作品,并不限定于浮世绘版画。

的反感,浮世绘画师们只能重构"大和绘"传承的脉络为鸟羽僧正①(1053—1140)—土佐光信(?—1522)—岩佐又兵卫(1578-1650)—菱川师宣(1618—1694)。从菱川师宣的"源氏绘"作品来看,在接受武家贵族等身份地位较高阶层的订单时往往偏向于参考土佐派的"源氏绘"来构思新的作品,而在创作版画插图时则综合考虑土佐派与岩佐派等"源氏绘"作品。菱川师宣之后的浮世绘画师奥村政信就提出了"近代大和绘"这一概念,使浮世绘既能找到发源的文脉,又能区别于当时的传统大和绘派。浮世绘画师们笔下的"近代大和绘"即是像"源氏绘"这一类,以土佐派等传统流派的绘画为基础,添加了当世风俗和情色感的更具娱乐性的图像作品。1829年,柳亭种彦的《偐紫田舍源氏》问世之后,浮世绘画师们的"源氏绘"找到了更加适宜的文本,于是开始出现真正具有江户风情的"源氏绘"。因而浮世绘中的"源氏绘"大体可以分为两个系谱:以传统源氏绘为参考的作品以及以《偐紫田舍源氏》为文本重新制作的浮世绘作品。几乎所有画史留名的浮世绘师都涉猎过"源氏"题材的创作,其中最典型的当属为《偐紫田舍源氏》创作插图的歌川国贞。

第一节 《源氏物语》图像叙事的变迁

(一)物语图像叙事的缘起

美术史中的"叙事画"通常指的是通过绘画展现故事发展的过程或关键性场景,以及运用绘画形象象征、指涉故事的情节或人物的作品。在西方,叙事画涵盖的范围通常包括以历史、神话、宗教、文学为题材的人物画及风俗绘画。而在以中国古代传统绘画分科为基础的东亚绘画体系中,除了指人物画科中的历史、传说、文学及宗教类的作品,也可以

---

① 鸟羽僧正(1053—1140),即觉猷,平安时代后期的画僧。传为《鸟兽戏画绘卷》及《信贵山缘起绘卷》的作者。

包括某些具有特殊象征意义的山水、花鸟等题材。因而,东亚的叙事画发展脉络与西方是很不相同的,可能在西方人眼里,东亚的叙事性作品总带有强烈的抒情性或装饰性。

仔细去研究东亚的叙事画历史就会发现,叙事画在每个国家都有其特殊的发展轨迹。总的来说,在中国和朝鲜半岛,长篇叙事画并没有得到充分的发展,文人画确立统治地位之后,叙事性作品就在主流画坛一路式微,只在传达儒家价值观、宫廷纪实、民间风俗和小说插图领域占据一席之地。①一些从事叙事性绘画创作的画家则默默无名,逐渐被历史湮没。而在日本,叙事画通过"绘卷物"②中的缘起、传说、物语类作品,真正建立了具有高度叙事性的作品群,并一直保有强大的生命力,一直到今天,日本的漫画也可以说是其图像叙事传统在当代的延续。

那么,日本的绘卷究竟是什么时候开始绘制的?这似乎是一个很难确切回答的问题,但毫无疑问的是,其最初的诞生和古代中国的影响密不可分。现存最古老的日本叙事性绘画遗品可以追溯到飞鸟时代(7世纪中期)的佛教工艺品玉虫厨子。这件工艺品四面绘有漆画,均为佛教题材,其中就包括著名的《舍身饲虎图》,其叙事手法也与敦煌壁画中的同题材作品相同,采取异时同图的循环叙事的手法。由此不难推断,日本叙事画在形成之初就已经受到了从中国传来的佛教绘画的影响,在叙事手法上顺势吸取了许多佛教绘画的因素。9世纪末记录日本宫廷收藏的汉文典籍目录《日本国见在书目》中,所录书名中有"图"字出现的,即

---

① 关于中国叙事性绘画如何被古代社会精英阶层用来传达儒家价值观的研究,详见[美]孟久丽:《道德镜鉴:中国叙述性图画与儒家意识形态》,何前译,北京:生活•读书•新知三联书店,2014年。

② "绘卷物"是日本约公元9世纪左右逐渐发展起来的绘画形式,本书中译为物语绘卷,绘画与词书交互装裱,最初以长卷绘画的形式描绘中国的传说故事,并加以假名的文字说明,主要满足宫廷女性的阅读需要。有传说绘卷、战争绘卷、文学绘卷、寺院缘起绘卷以及高僧事迹绘卷五种主要类型,此传统一直延续到江户时期,是日本绘画中叙事性最强的类型。

有插图的书籍共有78本。同在9世纪末宇多天皇诏令制作了《长恨歌》屏风，我们不难推测当时也许有插图本的《长恨歌》从中国传入日本。①在中国这些插图典籍的影响下，日本诞生了自己独特的物语绘卷也是自然而然的。

奈良时代后期(8世纪)的《绘因果经》(见图2.1)，是如今我们能找到的最早的日本绘卷。②上端为横向的图解经文，下端是竖排誊抄的经文，叙述释迦牟尼前世的善行直到现世觉悟的内容。《绘因果经》以上图下文的形式确立了以图言文的叙事模式，也被认为是平安时代物语绘卷的前身。图像每个部分没有刻意分界，这也是后来大多数叙事性绘卷的构图法。

图2.1 《绘因果经》，26.4cm×115.9cm，纸本设色，8世纪，奈良国立博物馆藏

日本的世俗绘画受到多方面因素的影响。其中有一点可以推断的是，中国唐代僧侣指着佛教绘卷讲经的传统对日本物语绘画的影响是深刻的。大阪四天王寺所藏的《圣德太子绘传》就曾经被讲经僧侣所使用，另外还有同一主题的大型物语绘画作品法隆寺绘殿的《圣德太子传障子画》，每逢重要人士入寺，都有专门负责讲解的僧侣根据画面为来宾讲述圣德太子的事迹。但不久这种类似"看图说故事"的形式就已经不仅限于佛教传统了。我们在上文中提到过《平安源氏绘卷》"东屋"第1段(见图2.2)描绘的场景，侍女朗读故事，浮舟小姐看图画，这样的欣赏方式在

---

① ［日］秋山光和：《王朝絵画の誕生》，東京：中央公論社，1981年，第25页。

② Toda, K.*Japanese scroll painting*.Chicago: University of Chicago Press,1935.p10.

《源氏物语》"东屋"卷原文中有直接描述。此处出现了在物语绘卷和物语文学之间的一种特殊图像化形式"绘物语",类似现在的绘本或图画故事书,其样式为手卷或册子,一般为篇幅较短的作品,它的装裱形式一般是图画与词书分装,以侍女朗读文字,女君看图画的方式欣赏。"绘物语"区别于物语绘卷的特点是绘画内容涵盖了主要情节,以图像作为主叙事媒介,而物语绘卷则需要对物语的大概内容有了了解之后结合绘词才能顺利进行鉴赏。"绘物语"是一

图 2.2 线稿临摹自《平安源氏绘卷》"东屋"第 1 段,21.5cm×39.2cm,纸本设色,12 世纪早期,德川美术馆藏

种物语文本的图像媒介形式,它的总体构思就是模仿文字叙事,达到图说故事的作用。"绘物语"最初的欣赏是听觉和视觉的共同作用,较之于完全依赖视觉的词书阅读有更多感性的体验。

(二)绘卷:抒情表现到叙事性的强化

现存最早的以《源氏物语》为主题的绘画作品是传为藤原隆能作的国宝《平安源氏绘卷》(见图 2.3),它同时也是日本现存最古老的物语绘卷,绘制于 1120—1130 年,是平安时代贵族艺术最辉煌时期的见证,它的出现推动了当时日本最兴盛的画种——物语绘卷走向了艺术表现力的顶峰。这部作品现存只有 19 幅画面,其中有的章节不止一幅对应的

图 2.3 《平安源氏绘卷》"若紫"部分断简,21.2cm×21.2cm,纸本设色,12 世纪早期,东京国立博物馆藏

画面,由此可以推想整部作品应该有至少100幅画面,是一部规模相当庞大的图像叙事作品。平安时代大和绘开始逐渐流行,它所对抗的是唐代从中国传到日本的绘画体系(在日本被称为"唐绘"),就像在文字上,日本人的假名书写体系始终与汉字并存一样。

这部绘卷属于段落式的构图,每一幅或几幅长方形的画面对应《源氏物语》中的某一章,画面与词书间隔,每个画面相对独立,因而要求观者对整个《源氏物语》的文本具有较高的熟悉度。此绘卷在情绪表达上所下的功夫的确是达到了极致,而对人物行为的描绘则相对匮乏。也许画面需要描绘出能够抓住观赏者视线的空间,相比之下,描绘与词书相对应的画中人物的行为反而成了次要的目的。画面中有助于渲染场景氛围的室内陈设、表现四季的花草树木、人物服饰的颜色搭配等都非常考究而富有深意。与此绘卷风格相类似的还有《寝觉物语绘卷》,绘制于13世纪早期,现存绘卷4段、绘词4段。图文相间,带有强烈的装饰风格与设计美感。另外还有根据《源氏物语》作者紫式部的日记所绘制的《紫式部日记绘卷》,绘于镰仓时代,人物造型更加写实,带有镰仓时代写真绘的风格,叙事性也更强。它们都代表了优雅华丽的画风,也被称为"女绘",是王朝物语绘卷的典型风格,在按题材的分类中通常被称为王朝物语绘卷。"女绘"类型的作品因其场景选择上特别多见"男子在隐蔽处窥视女子"(即"垣间见")以及"男子去女子住处访问"(室内男女对坐)而得名。人物造型呈现类型化、程式化的"引目钩鼻",代表平安时代公认的美男美女形象,便于观者投射自身于画中人物,在观赏时更好地代入自身情感。《平安源氏绘卷》在利用绘画的色彩、构图以及线条的搭配暗示或象征人物内心的矛盾以及情绪的变化上是造诣颇高的。关于这一点将在第三章中进行详细分析,此不赘述。

以华丽的色彩表现超越线描的"女绘"基本上只流行到平安末期至镰仓初期,之后兴起的绘卷风格被称为"男绘",虽然也同样重视色彩,但是线描逐渐成为描写人物动态、质感的首要选择,此类绘卷尤其擅长表现较短的传说故事,因而被称为"传说绘卷"。绘师通过对画面情节的精心设计,达到了文字叙事所不及的视觉效果,观者心情如同欣赏故事电影一般跌宕起伏。

镰仓时代的"源氏绘"卷遗存十分稀少,其中藏于天理大学图书馆的源氏物语绘卷(后文均以《天理本源氏绘卷》称)是其中最典型的例子,包括"若紫"卷的前4段和"末摘花"卷开头部分。还有部分藏于纽约大都会美术馆的"澪标"卷的内容,可推测当初这部绘卷制作时的计划应该涵盖了全部54卷。镰仓至南北朝时代,日本的物语绘卷已经成熟,形成了传说绘卷、战争绘卷、文学绘卷、寺院缘起绘卷以及高僧事迹绘卷五种主要类型。室町时代,受禅宗文化的影响,水墨画开始在日本的禅僧中流行起来。这时期的叙事绘卷创作主要集中在传统的大和绘画派,比如土佐派以及狩野派,出现了《北野天神缘起绘卷》《清水寺缘起绘卷》等著名的作品。而土佐派与狩野派的画师同时又是创作"源氏绘"的主力军,他们在其他类型的绘卷中所运用的绘画技巧与叙事方式不可避免地融汇到其制作的"源氏绘"中。同时,不容忽视的是一种从上层至下层逐渐广泛流行起来的"御伽草纸"绘卷,这类绘卷是室町时代的短篇故事文本的图像化,尺寸较小,也包括当时人们所熟知的古代故事,创作者包括前述狩野派、土佐派的宫廷画师和民间画师甚至是业余爱好者。[①]绘画技法延续了传统大和绘的手法,同时加入了水墨画技法,既有精致的大和绘风格作品,也有粗率的水墨淡设色作品。应该说,"御伽草纸"绘卷是平安时代绘卷在室町时代的再次复兴。

纽约公共图书馆收藏的《白描源氏物语绘卷》,作者是近卫关白家之女,是"源氏绘"中罕见的由女性绘制的作品,风格上明显受到同时期的

---

① [日]辻惟雄:《日本美術史》,東京:美術出版社,2005年,第114页。

"御伽草纸"绘卷影响。此类白描绘卷当然不排除观看者对某"源氏绘"卷的摹写,同时也不能排除在摹写过程中有自身对文本和绘画的反复琢磨而诞生的新的解读,从而导致图样的更新以及内容的增加。从绘画技法上来看,它并非专业画师水准,然而更具有直白而鲜明的叙事特色,每个人物上方还写有名字的榜题,尺寸比一般绘卷更小,但人物却更大,颇有特写镜头之感。(见图3.25)

(三)册页、扇面:绘画形式的多样化与叙事内容的程式化

镰仓时代,"源氏绘"除了长卷和册页,还出现了许多尺寸更小的册子画,这种小型白描画或金地设色画作为插图插入《源氏物语》的手抄册子中,手法细腻,类似波斯细密画,并且在贵族阶层中广泛流传。《源氏物语》的读者范围不断扩大,出现了帮助画家快速掌握"源氏绘"制作的指导手册,如《源氏物语绘词》,书中罗列了《源氏物语》中适于绘画化的场面说明,包括作画的注意事项、人物安排、环境摆设以及相对应的从原作中抽出的作为绘词的一段文本。①

进入室町时代,开始出现色纸绘和扇面,用于扇面的绘词和画面往往是《源氏物语》中抽出的和歌及与之相对应的画面。扇面具体又区分为两种不同的制作形式:一种是最初以制扇为目的绘制的扇面图;一种则是以装饰屏风为目的绘制的扇面。扇面的赠答功能与装饰功能是最主要的,往往有正面和背面两幅相互衔接的图像构成一个完整的扇面,有正反两面描绘同一场景,但正面为有人物的,背面为抽离人物的构图方式;也有连续描绘同一场景前后相接的情节的。②通过持扇人的翻转,

---

① 见大阪女子大学附属图书馆藏《源氏物语绘词》(据推测为室町时代末期撰写后翻印),具体论述可见[日]清水好子:《源氏物語绘画の一方法——新资料〈源氏物語〉绘词」绍介》,《国語国文》,1960年第5期,第1—14页。

② [日]片桐弥生:《室町时代の源氏绘扇面 (特集 绘で読む源氏物語)》,《國文學:解釈と教材の研究》,2008年第1期,第76—85页。

故事情节得以延续。此种扇面在《年中定例记》①有过记录,一般为臣下进贡的礼品,十把一套,然后分别又被赏赐给大臣们。根据现存的扇面画帖遗留品（九州国立博物馆藏）可知,此类扇面的场景选择依据很可能是四季,考虑到进贡之后又会被打散赐给众人,选择《源氏物语》中比较为人熟知的、辨识度较高的场面进行制作也是理所当然的。另一种本身就为屏风而绘制的扇面,其场景选择与册页形制、构图与同时代的源氏画帖相似,如对"空蝉"这一章的图像化往往选择光源氏窥探空蝉与轩端荻下棋的场景。（见图2.4、图2.5）这一时期的"源氏绘"迎来了大规模的制作以及绘画形式上的多样化发展,同时也逐渐走向定型化。室町时代《源氏物语》阅读阶层进一步扩大,但随着各种相关的注释书与内容梗概书相继面世,许多读者对《源氏物语》的阅读也仅仅停留在梗概

图2.4 《源氏物语绘色纸帖·空蝉》,土佐光吉·长次郎绘,25.7cm×22.7cm,纸本设色,桃山时代,京都国立博物馆藏

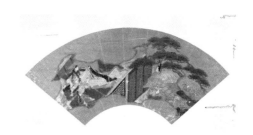

图2.5 《源氏物语扇面·空蝉》,32.7cm×54.2cm,纸本设色,室町时代,东京国立博物馆藏

书上,对物语的理解趋向粗略化,更热衷于欣赏一些男女恋情以及华丽的宴乐游乐场面。此时许多"源氏绘"已经失去了《平安源氏绘卷》那种

---

① 《年中定例记》为足利义稙时代的古记录,足利义稙约于1490—1493年、1508—1521年担任幕府将军。

细腻的情感表现与文学隐喻,从为阅读服务的图解转向装饰性为主的视觉产物。

(四)屏风:文本解构与图像叙事的主题化、空间化

屏风画和隔扇画在日本合称为"障壁画",也即屏障画,是装饰室内空间的重要手段。从现存最古老的屏风作品(8世纪的《鸟毛立女屏风图》)推断,屏风画在日本的历史应该由来已久,一般认为是7世纪从朝鲜半岛的新罗传入日本的。9世纪左右,日本屏风画逐渐发展出表现日本本土特色的"名胜绘""四季绘"以及和民间风俗活动相关的主题。图解故事是叙事性屏风最初的功能,而伴随着某些故事图像的程式化发展,其装饰功能就逐渐取代图解功能而居于上风。

桃山时代是日本独具装饰风格的屏风画盛行的时代,比如狩野永德的《洛中洛外屏风》、狩野长信的《花下游乐图屏风》、狩野秀赖的《南蛮屏风》等。相比绘卷的线性叙事方式,屏障画作品更加强调多个场景的组合和主题的表现,而由于屏风的观看方式,其所达成的视觉效果也是与手卷完全不同的。日本宫内厅三之丸尚藏馆收藏的传为狩野永德绘的《源氏物语图屏风》原为装饰室内四面墙壁的隔扇画,后改为六扇一对的屏风形式,以四季的顺序挑选《源氏物语》中若干情景,营造了一个源氏物语的综合时空场域,观者在这一场域中以自己的选择重新编织故事。

桃山时代在古典复兴思潮的影响下,《源氏物语》作为平安贵族古典文学教养的遗存,理所当然地得到了最大程度的重视,与之相伴,"源氏绘"的创作也达到高峰。桃山时代末期至江户时代初期,土佐派是"源氏绘"的集大成流派,其中以土佐光吉及其弟子土佐光则、土佐光起为代表,创作了为数众多的"源氏绘"作品。与土佐派同时代的狩野派以及后来的住吉派、岩佐派、宗达派的画家也都参与了"源氏绘"图像的制作,在艺术表现力及技法上互相竞争,客观上推动了"源氏绘"的创作发展。这一时期除了上述几种绘画形式之外,"源氏绘"大型屏风也陆续出现。"源

氏绘"中屏风类的绘画主要有四种类型（见图2.6）：由原本的册页及扇面作品转化而来的色纸交贴屏风和扇面交贴屏风；分别选取54卷中的内容，从右至左，从上至下依次绘制的《源氏物语》屏风；选取《源氏物语》中诸如节日、祭祀、出行等大型民俗活动的场景绘制的单一场景主题屏风；依据四季主题选取《源氏物语》中相关章节进行重新组合的四季屏风。

即便是按照《源氏物语》54卷顺序绘制的屏风中，场景选择也有一定的取舍，54卷中有若干卷

图2.6　《扇面散屏风》左扇部分，俵屋宗达绘，六扇一对，167cm×375cm，纸本全地设色，桃山时代，东京国立博物馆藏

没有被选取，说明画师在对《源氏物语》进行图像化的过程中相比忠于情节发展的叙事，开始偏向选择更具有艺术表现力的场景或根据订购人的意愿进行取舍。①而此后出现的扇面屏风构图也不依据卷次先后，而是以季节的关联性来安排，所谓的"源氏物语四季屏风"即是从这里发端，广岛净土寺所藏扇面屏风就是这一时期的代表作，60面扇面以春夏秋冬的季节主题排列。从这些扇面上遗留的折痕可见，原本都是作为桧扇使用的作品，后来才改装为屏风的样式。到了江户时代，更有像俵屋宗达这样的天才画家，直接选取《源氏物语》中的一个章节作为主题，重新设计构图，创作了一对屏风，从而把"源氏绘"的创作从小画面真正推向了

---

① ［日］秋山光和：《源氏绘の系谱》，选自秋山虔编：《图说日本の古典源氏物语》，东京：集英社，1978年，第113—135页。

大画面（见图2.7）。他所绘制的《扇面散屏风》则是融合了《源氏物语》《伊势物语》《平家物语》等多种题材。

图2.7 《关屋图屏风》，俵屋宗达绘，六扇一对，95.5cm×273.0cm，纸本金地设色，17世纪，东京国立博物馆藏

（五）浮世绘、插图：图像叙事的世俗化与装饰化

到了江户时代，浮世绘版画作为一种可以批量制作的绘画形式，为"源氏绘"向庶民阶层的传播奠定了基础。其中被誉为"浮世绘之祖"的菱川师宣（1618—1694）就对"源氏绘"有不少涉猎。据日本学者研究，菱川师宣的"源氏绘"图式主要有三个特点：首先，综合土佐派的传统"源氏绘"图式；其次，人物造型结合古典风格与当世风俗；其三，人物以古典样式绘制，但姿态更加世俗化。①这也是"源氏绘"从古典大和绘逐渐向世俗绘画过渡时期的主要特点。

江户时代后期，随着印刷业的发展和浮世绘版画的成熟，"源氏绘"的创作进入了一个新时期。1654年，野野口立圃编写并绘制了《十帖源氏》，这是有插图的简明版梗概书。此书大获好评之后，1660年与之相似的京都地区版本（绘图也出自野野口氏）发行，内容较之前者更为简略，继而又发行了关东版《幼源氏》，据传此版本绘师为菱川师宣，此版本的

---

① ［日］阿美古理惠：《源氏絵の世俗化：伝菱川師宣画〈おさな源氏〉の成立背景》，《学習院大学人文科学論集》，2008年第17期，第33—68页。

插图又被转用至鹤屋版《源氏小镜》①（1675）。1837年芝神明前（甘泉堂）出版了池田英泉绘的《源氏物语绘抄》（见图3.19）。1829年，柳亭种彦开始改写《源氏物语》，以室町时代的武家文化为背景创作《偐紫田舍源氏》草双纸②，歌川国贞作插绘，至1842年柳亭氏去世，出版了前38卷。

《偐紫田舍源氏》把平安时代的古典物语融入了江户时代的市民审美，插图中的人物形象也直接采用当时武家贵族造型，得到庶民阶层的广泛喜爱。这部作品问世之后，浮世绘中的"源氏"题材事实上大部分来自此作（如图2.8），虽然画题仍是"见立八景夕雾落雁"，人物名字却写了"辉氏"，可见其参考的文本已经不是原来的《源氏物语》而是《偐紫田舍源氏》。专修大学图书馆收藏的《源氏物语画帖》（创作年代约1661—1681年），据学者考证其图样与《十贴源氏》相似度极高，说明这一时期的印

图2.8 《见立八景夕雾落雁》，歌川国贞绘，浮世绘，36.2cm×23.9cm，1858年，日本国立国会图书馆藏

刷版源氏插图已经开始影响手绘版"源氏绘"了，虽然形式上依旧遵循大和绘的传统手法，但人物造型和场景选择上明显更符合新兴的富庶阶层的喜好，这是为他们提供的作为身份地位象征的豪华版"源氏绘"。

（六）当代《源氏物语》图像创作：图像叙事的独立与唯美化

直到今天，以《源氏物语》为主题的图像作品还在不断地被创作着，

---

① 《源氏小镜》为室町初期出现的梗概书，相比《源氏大镜》更加简洁，因此后来多次翻印。
② 草双纸是江户时代中后期流行的插图本小说，每页配有插图，通常以假名书写，主要面向庶民阶层。

光是漫画类型的作品就有 40 多种,代表作品如大和和纪从 1979 开始一直到 1993 年连载完成的《あさきゆめみし》(台版直接译为《源氏物语》),是公认的《源氏物语》漫画改编的最佳版本,甚至被一些学校作为《源氏物语》学习的辅助教材。漫画作为以图像为主要叙事媒介的体裁,构建了独立的《源氏物语》图像世界。其叙事手法当然包含了漫画叙事中的经典模式,包括借用电影叙事的蒙太奇手法等镜头语言。

而"源氏绘"在当代视觉艺术领域最重要的功用则是以宣扬"平安王朝的美学"为重点,树立"美丽的日本"国际形象。在这种导向下,当代"源氏绘"的主流创作思路基本上以表现平安王朝的"唯美""精致""诗意"等为主,有的是对传统"源氏绘"的形式延续,如对大和绘制作手法的沿用,但人物造型上借鉴当代人物,体现一定的时代感,更加注重对单个具体人物的形象性格刻画。如图 2.9 这件作品以《源氏物语》中反复出现的"生灵"形象"六条御息所"为刻画对象,以一种神秘而美艳的形象来描绘这一人物。或者反过来以新的绘画风格,如以现代平面构成美学来绘制"源氏绘"风格的场景等,例如石踊达哉的《源氏物语绘词•"若菜"上》,把此章节中几个重要元素"猫""樱花""三公主"通过拼贴的方式组成犹如由四个特写镜头构成的图像整体,既暗示了故事的主要情节,又通过画面整体设计使

图 2.9 《焰》,上村松园绘,190.9cm×91.8cm,绢本设色,1918 年,东京国立博物馆藏

图像具有现代设计感。有的艺术家则是借鉴了日本传统绘画中类似"谁之袖"的隐喻手法,把看似普通的日常生活场景或静物组合赋予《源氏物语》的文学意象。石踊达哉的《源氏物语绘词•"若菜"下》,即是抽出了"若菜"下宴乐场景中主要人物使用的乐器,熟悉文本的观众立刻就会联想到这几件乐器对应的人物以及宴乐场景的描述。另一种则是通过对《源氏物语》内容上的重新解读或延伸进行的图像创作。如大久保久子为桥本治的《窑变•源氏物语》创作的系列插图摄影作品,通过换喻式的物象组合,以现实生活中的人物、物件与场景重新演绎《源氏物语》,给人以崭新的、意想不到的视觉效果。此类创作总体来说属于少数派,是以图像对《源氏物语》的重构,从中也体现了艺术家潜意识中对这部经典的重视。

至此,笔者不得不感叹《源氏物语》这个几乎延续了千年的主题,在不同的时代被不同身份阶层、不同流派的艺术家以不同的图像形式演绎了千万次,实在是一个非常特殊而值得深入研究的图像叙事案例。

以上简要的介绍,初步梳理了"源氏绘"这一特殊的日本绘画种类近千年的发展脉络。从图像叙事的主要手法上来说,"源氏绘"继承了日本绘画从早期的佛教经变画传承的"异时同图"的创作手法,以及屏风绘中以空间来组织叙事脉络的"名胜绘"传统,并很有可能是屏风绘中"四季绘"这一类型的重要题材来源之一。《平安源氏绘卷》是利用绘画进行象征性叙事以及心理描写的典范,在长期的发展过程中,各个时期、各个流派的"源氏绘"继承了物语绘卷中的"和歌绘""王朝物语绘卷""传说绘卷"等各个类型的优秀叙事技巧。浮世绘兴起之后,"源氏绘"也融合浮世绘版画特有的艺术手法重新成为江户时期市民文化的重要一环。

第二节 《源氏物语》图像叙事变迁的原因

《源氏物语》图像叙事变迁的原因是极为复杂的,在这近千年的变迁过程中,为了便于论述,笔者将以时代为序,大致分为中古时期(平安时代至江户时代早期①)、近代(江户时代至20世纪50年代)、现当代(20世界50年代至今)来讨论其变迁的原因。

(一)"定制"时代的"源氏绘"制作与欣赏

中古时期即平安时代至江户时代早期,重点探讨的是在以"定制"为主的图像制作环境中,制作者和受众两方面的具体情况。御用画师在"源氏绘"创作中主要遵循的规则有两个:其一,流派传承的图式;其二,订购人与中间人的方案。另一方面,对《源氏物语》的认知不同而导致的欣赏方式的不同最终也影响了图像制作的形式和叙事的侧重点发生改变。

1. 流派传承对图像制作的影响

流派风格一定程度上制约了画师在接受"源氏绘"订单时优先考虑的绘画形式和图像构成,而事实上每个流派擅长的风格可能直接决定了其是否有机会承担某件作品的制作。传统流派在对同一题材的处理上有很强的延续性,这一点从相同流派的"源氏绘"作品的构图和场景选择上就很容易看出来。

参与过"源氏绘"制作的流派几乎涵盖了日本绘画史上的所有流派,但主要还是集中在传统大和绘流派土佐派和狩野派中,这两个流派都是御用流派,各自风格鲜明,所擅长的领域也很明确。土佐派较擅长风格细腻、制作精良的小型细密画类型的画册和手卷,而狩野派则擅长和汉融合的大型障壁画。狩野派被江户幕府重用之后也开始为武士统治阶层制作源氏绘,其规模并不亚于土佐派。狩野派的"源氏绘"中有许多《源氏物语》屏风和隔扇画。狩野派的"源氏绘"一开始是因袭土佐派的图样,在创作过程中逐渐形成了自身的风格,尤其是在大型障壁画领域,

---

① 这里笔者以第一部印刷版插图《源氏物语》,即山本春正《绘入源氏物语》的出版年份1650年为界。

狩野派为"源氏绘"的创作增添了许多新的元素与样式。

2. 图像制作者的创作自由度

在源氏绘的制作过程中,画师究竟处于一个怎样的地位,能在多大程度上控制作品的内容与呈现形式,这是一个很有必要理清的问题。从日本画史上从平安时代到江户时代的大部分的古籍资料看,至少在"源氏绘"这个题材的绘画作品上,御用画师能够发挥的主观能动性是很少的。

定制作品的制作过程一般要经过三方协商,即画师、中间协调者(一般为对《源氏物语》颇有研究的贵族学者,也可以看作是总负责人)、订购人(皇室成员或者贵族阶层),其中画师的地位在三者中往往最低。在这样的制作协调过程中,画师对于场景选择、词书选择等的选择余地很小,中间人针对订购人的订购目的所给出的制作方案是处于主导地位的。从《御汤殿上日记》①永禄三年(1560)7月至12月的记录中可以看到正亲天皇(1517—1595)下令制作源氏绘《车争屏风》的过程。这件屏风的总负责人为三条西公条(1487—1563),是当时著名的源学研究者。他先向天皇提出图样,即指示绘画场景、图像元素、词书内容等的文字说明,获得天皇批准后再交由当时的画院负责人土佐光茂绘制草图。

在关于"源氏绘"的记录中,有一则《源氏绘陈状》②,记载了镰仓时代关于"源氏绘"制作的一场辩论。其争论的焦点是宗尊亲王(1242—1274)③下令制作的"源氏绘"色纸屏风。这项绘画制作任务的总负责人为飞鸟井教定,是当时颇有家学渊源的著名《源氏物语》贵族研究者,而

---

① 此为在清凉殿的御汤殿侍奉的女官用假名写成的日记。其中留存下来的是文明九年(1477)至贞享四年(1687)的记录。宫内厅书陵部藏《御汤殿上日记》第十三册(文明九年—永禄二年),江户时期写本。

② 即宫内厅书陵部藏《源氏秘义抄》中所附"假名陈状",详见稻贺敬二:《〈源氏秘义抄〉附载の仮名陈状——法成寺殿・花園左府等筆廿卷本源氏物语绘卷について》,《国語と国文学》,1964年第6期,第22—31页。

③ 镰仓时代被派遣至镰仓担任镰仓幕府第六代将军,任期为1249—1265年。

对此作品提出异议的则是宗尊亲王身边的上位女官小宰相君,也是学养深厚的和歌作者。小宰相君认为此"源氏绘"屏风与传统源氏绘风格差异巨大,与《源氏物语》原文也不相符,应该让更懂《源氏物语》的人来负责屏风制作。而负责人飞鸟井教定则以此作参照的是后白河院时代(1127—1192)由源师时、源有仁负责制作的《二十卷本源氏物语》绘卷,是至高无上的"源氏绘"经典为理由进行了回击。

且不论这次争论谁是谁非,从《源氏绘陈状》中我们可以发现当时几个关于"源氏绘"制作的实际情况。首先,在作品整体规划,包括场景选择和词书选择上,作为总负责人的飞鸟井教定具有绝大部分的决定权,虽然订购者是地位崇高的亲王,但具体到详细的制作事项,还是以负责人的意见为主。其次,在从这次争议双方的观点中我们也不难发现,源氏绘作为一种历史悠久的绘画类型尤其重视图式的传承,所以飞鸟井教定才能以继承"经典作品图式"为由进行回击。因为上文中的屏风所参照的《二十卷本源氏绘卷》一直被秘藏于幕府将军宅邸中,一般人没有瞻仰的机会,所以才会引起小宰相君的质疑。画师在整个制作过程中负责的是画面的表达,即如何把负责人与订购人的理想作品完美地呈现出来,至于绘画形式采用手卷还是册页抑或屏风,甚至是参考的粉本都很有可能已经被事先决定了。

(二)中古时期《源氏物语》的欣赏方式与受众

从整个"源氏绘"发展史来看,其图像叙事的变迁与绘画形式的改变是直接相关的,不同的绘画形式对应不同的欣赏方式,从而影响图像与文字文本的主次关系以及观众读图的自由度。"源氏绘"绘画形式的改变与《源氏物语》阅读方式的变化息息相关,并且,二者之间不断相互作用。

由对《源氏物语》这部作品不同认知而引发的欣赏方式有两种极为不同的走向:一种是把《源氏物语》作为"皇权"或者"王朝文化"的象征来膜拜,《源氏物语》的阅读与"源氏绘"的制作都是这种膜拜行为的延伸;

另一种是文学性的阅读与欣赏,即对《源氏物语》小说进行娱乐性阅读与考证型研究,也包括把《源氏物语》作为研习和歌的重要经典。前者引发了大量奢华的、具有纪念意义的大型装饰性屏风及工艺品的制作,后者则对应叙事性更强的绘卷与册子装裱的插图类型的"源氏绘"。

1. 作为文学作品的《源氏物语》阅读

众所周知,《源氏物语》是由侍奉于皇后近身的女官紫式部以假名创作的物语文学。紫式部自身的汉文修养很高,但她用假名写作的物语对普遍不具备汉文阅读能力的宫廷女性来说更加简明易懂,因而这部作品最初设定的受众就是贵族女性。平安时代在有众多侍女侍奉的贵族女性的生活环境中,物语绘卷或物语文学的欣赏方式基本上以侍女朗读为主,只要有一人朗读,不仅仅是看画的贵族女性,其他侍奉左右的侍女们也可以共同品味物语故事。所以早期的物语绘卷,图画与词书是分开装裱的。这种欣赏方式在前文提到的图2.3中就有图像例证。

但不能否认的是,《源氏物语》在诞生之初就拥有许多男性读者,其中不乏一些汉文修养极高的贵族学者和皇族,比如一条天皇在看了《源氏物语》后曾感叹作者紫式部对日本历史的了解。从平安时代的阅读方式上来看,男性与女性是有一定差别的。女性读者阅读假名物语,重在感受其中的男女情爱,品评人物,代入感较强。如菅原孝标之女(1008—?)在《更级日记》中曾经写道:"如果能够和光源氏那样的人,即便是一年只见一次,像浮舟小姐那样被藏在山中,欣赏春天的花、秋天的红叶与明月、冬天的白雪,等待着偶尔到来的情书,那也令人十分向往。"①她已然将自己代入物语的登场人物,沉浸在物语的世界中了。

在汉文系统的影响下,男性贵族阅读《源氏物语》的趣味在于找寻其中相关的汉文典故,这一点充分体现在许多由男性读者写的《源氏物语》

---

① [日]菅原孝标之女:《更级日记》,伊井春樹校注,大阪:和泉書院,1987年,第32页。

注释书中。但总的来说，平安时代的公卿贵族不论男女，都把《源氏物语》作为文学作品来欣赏与研究。男性读者的研究型阅读方式通常是较为私人的，对文字文本的需求更强，所以平安后期的绘卷基本上是词书与绘画间隔装裱在同一个画面之上也极有可能是对这种私人阅读方式的回应。对应于"朗读式"阅读的是在公共空间的多人阅读，而对应于"默读式"阅读的是相对私人空间内的个人阅读。少了朗读的人，那么画与词书共同装裱就是很自然的发展了。

室町时代《源氏物语》阅读阶层进一步扩大，而各种相关的注释书与内容梗概书——如《源氏物语小镜》等——也相继面世，许多读者对《源氏物语》的阅读仅仅停留在梗概书上，对物语的了解趋向粗略化，只能鉴赏一些男女恋情以及华丽的宴乐游乐场面。为了应对更大的制作需求，《源氏物语绘词》这样的"源氏绘制作指南"应运而生，其中罗列了《源氏物语》中需要绘画化的场面以及作画的注意事项、人物安排、环境摆设以及相对应的从原作中抽出的一段文本。清水好子在《源氏物语绘画介绍方法——新资料〈源氏物语绘词〉介绍》一文中统计，此手册中的场面选择占比重最大的是有关男女恋爱的场景，其次是亲人对坐的场景，再次是宴饮游乐的场景，最后是户外（海边、山间）出行场景。

平安时代后期著名歌人藤原俊成（1114—1204）有句名言："未读《源氏物语》而咏歌实为憾事。"1418年歌人正彻（1381—1459）所作的《源氏物语歌双纸》是现存最早的《源氏物语》和歌摘抄集子，由此说明，至迟在15世纪，为了研习和歌而专门阅读《源氏物语》的情况已然出现了。以和歌为中心的《源氏物语》鉴赏在室町时代广泛流行，也在一定程度上影响了"源氏绘"的制作。《源氏物语绘词》中除了"空蝉""常夏""野分""铃虫""香宫""红梅"这六卷之外，其余各卷的场景选择都含有吟咏和歌的场面。①部分"源氏绘"从为小说阅读服务的图解转向呼应和歌歌意以及表现咏歌场景的装饰性图样为主的视觉产物,叙事性减弱,人物更加类型化,场景也更程式化,和歌中的某些关键词则成为"源氏绘"中不可或缺的图像元素。

2. 作为"王权"与"王朝文化"象征的《源氏物语》鉴赏

《源氏物语》并不是单纯的爱情故事,它的主题包含了皇室血脉之间复杂的权力斗争与政治纠葛。主人公光源氏虽然因为母系家族地位卑微而被降为臣籍,赐姓源氏,但最后却因为与之具有实际父子关系的冷泉帝的继位而成为事实上的太上皇,至此荣华无上。日本历史上这样的"光源氏"是实际存在的,并且这些人物都参与了绘画史上重要的"源氏绘"制作,这一巧合是令人深思的。甚至日本中世至近世著名的政治家,如足利义满(1358—1408)、贞成亲王(1372—1456)、丰臣秀吉(1536—1598)、德川家康(1542—1616)都有着不一般的"源氏情结"(见附表一《源氏物语及源氏绘相关事件年表》)。其原因可以追溯到镰仓幕府的创立者、初代将军源赖朝(1147—1199),平安时代以来清和源氏作为武士阶层的领导者广为人知。源氏出身逐渐成为作为征夷大将军的必要条件。结束日本南北朝战乱的丰臣秀吉也是一位很有"源氏情结"的政治家。为了弥补自身血统的不足,丰成秀吉先以足利将军家养子身份获得"源"姓氏,再以近卫家养子的身份获得"藤原"姓氏。等他坐上了关白大臣之位后便进一步让当时皇子中最有才华的八条宫智仁亲王认自己为义父,幻想着等智仁亲王继位之后,便也如"光源氏"一般做事实上的太上皇。《源氏物语》承载了这些政治家们对皇权的幻想,也是他们彰显自身实际权力时借以表征的工具。丰臣秀吉与德川家康都是极为出色的

---

① [日]清水好子:《源氏物語絵画の一方法——新資料〈源氏物語絵詞〉紹介》,《国語国文》,1960 年第 5 期,第 1—14 页。

"源氏能剧"表演者,在对《源氏物语》的自我演绎中暗藏着他们对王权的追求。围绕着他们展开的《源氏物语》鉴赏还包括举行《源氏物语》讲义、源氏能剧的演出以及围绕"源氏绘"作品的宴乐雅集等。这些活动的最终目的都是通过《源氏物语》的鉴赏,使在场贵族之间形成一个共同的王朝文化认同体系。正如三田村雅子所论述的:"'源氏绘'通过《源氏物语》的神话化,被奉为皇家血统的象征。'源氏绘'的制作则是利用优秀文化来实现政治性统治的一种表现。"①

　　源有仁(1103—1147)为后三条天皇的孙子,赐姓源氏之后降为臣籍,后世称为花园左大臣,据源师时②写的《长秋记》③记载,他与源有仁共同策划制作了传说中的《二十卷本源氏物语绘卷》,有学者认为这就是现存最古老的国宝《平安源氏物语绘卷》。④宗尊亲王(1242—1274)为嵯峨天皇的皇子,四岁时就被评价为"容仪神妙",才华横溢,却被发派去镰仓担任第六代幕府将军,后来被怀疑谋反而遣送回京。上文提到的《源氏绘陈状》便是围绕他下令制作的《源氏物语色纸屏风》进行的争论。宗尊亲王之所以把关于"源氏绘"争论的文书公布于众,在某种程度上来说是为了彰显自身作为幕府将军对王朝传统文化的自信,拥有传说中《二十卷本源氏绘》如同继承了王朝文化的命脉。

　　贞成亲王⑤也是这样一位隐忍多年的"光源氏",同时他又是一位十

---

① [日]三田村雅子、三谷邦明:《源氏物語の謎を読み解く》,東京:角川書店,1998年,第193页。

② 源师时(1077—1136),官至权中纳言,写有日记《长秋记》。

③ 见宫内厅书陵部藏《长秋记》(天永二年至保延二年)元永二年(1119)11月27日条:"午刻参院,加贺权守忠基中宫御方中升殿庆。平等院僧正参中宫御恼平愈依昨日院御马云云,其次语云,今夜除目三位中将中纳言任给,其间关白并民部卿成障害云云,入夜参东面御方,上皇每事有恩云云,参中宫御方。以中将君仰云,源氏绘间,纸可调进,申承由,又上皇仰云,画图可进,同申承由。"

④ [日]三田村雅子、三谷邦明:《源氏物語の謎を読み解く》,第69—150页。

⑤ 贞成亲王(1372—1456),即后崇光院。为崇光天皇之孙,伏见宫荣仁亲王之子,名为贞成。因后小松天皇没有子嗣继位,在贞成亲王多方斡旋努力之下,其子彦仁终于成为天皇养子,继位后称后花园天皇。后小松院死后,贞成亲王终于被追封为太上皇。他的日记《看闻日记》是室町时代前期涵盖政治、经济、文化各方面的极为重要的文献资料。

分热爱书画的亲王,因而他的日记《看闻日记》为我们提供许多与"源氏绘"相关的资料。

永享六年(1434)7月6日条:"内里御屏风一双(旧院屏风,扇流源氏屏风①),七夕饰借用。"贞成亲王在后小松院(1377—1433)去世之后终于以事实上的太上皇身份如愿以偿地借出后小松院收藏的"源氏绘"屏风。时隔十年又企图购买某件扇流屏风,嘉吉三年(1443)9月22日条:"屏风召寄一览,源氏绘扇流也。栂尾殿御笔。勿论。但以外(意外)古物也,仍不召留。"贞成亲王对"源氏绘"中的"扇流屏风"这一类型似乎格外执着,1435年的七夕仍旧借出扇流屏风作为装饰。扇流屏风在构图上采用的是随波逐流的"源氏绘"扇面形式,带有"漂泊不定""流离失所"的意趣,正应和了贞成亲王自身在王权斗争和南北朝战乱中被流放、召回、蛰居等种种苦难的岁月。在1434年伏见宫御所举办的七夕法乐花会中,全场的焦点就是前文提到的后小松天皇旧藏的扇流屏风。这件作品作为整个花会装饰的中心,在上百盆鲜花盆景的簇拥下,营造了如梦如幻的景象。七夕是当时纪念先祖的盂兰盆会的一部分,在这样的节日里以"源氏绘"祭祀祖先不得不说是意味深长的。近卫信寻(1599—1649)为后阳成天皇之子,母亲为近卫家之女,具备足够的继位条件,却被后阳成天皇过继给五摄家②之一的近卫家作为养子,并在成人之后成为近卫家家主。在决定把近卫信寻送去近卫家之时,后阳成天皇下令制作了一套极为奢华的《源氏物语画帖》(现藏于京都国立博物馆,见图3.15),词书由身份显赫的皇室成员和近卫家成员共同书写,并着意让尚年幼的近卫

---

① 扇流屏风,以水面漂浮的扇面为构图来自嵯峨天龙寺建成时,京都将军身边的小童手里的扇子被风吹下渡月桥,漂流在大井河中,其状优美,引来周围的人竞相效仿。之后五山寺建成之时,仿漂扇于水中构图制作了屏风。这一习俗逐渐地延续了下来,每当寺庙建成时都要制作扇流屏风。

② 五摄家是古代日本公家贵族中最高级别的五个姓氏,只有五摄家出身才有资格成为臣子中品级最高的关白或摄政大臣。

信寻与近卫家的女儿太郎君两人在词书上署名(他们是这部"源氏绘"画帖中唯一留有署名的词书笔者)。不难推测,这是天皇以《源氏物语》对降为臣籍的儿子所做的意味深长的安慰。

大型的"源氏绘"屏风总是与某些特殊场合的使用相关,成为营造某种《源氏物语》的隐喻空间必不可少的视觉工具。在室町时代后期出现众多"源氏"屏风的原因之一就是天皇御所及幕府将军宅邸的兴建。元龟元年(1570)至宽永十八年(1641)的70年间,京都御所经历了4次大幅度的搬迁与改建。这4次改建并不是由于建筑物的损毁而进行的整修,而是新的当权者为了彰显自身的实力而展开的扩建工程。经由这几次扩建,京都御所的面积足足扩大了90余倍。而大量的"源氏绘"在这个时期被制作出来很可能就是为了扩建的御所而定制的室内装饰。可惜这个时期的壁画没有留存下来,但我们可以从后来江户幕府的记录中一窥"源氏绘"在皇室及将军御所中的地位。

江户时期服务于幕府的狩野养信(1796—1846)在他的《公用日记》中详细记录了参与江户城重建时绘制壁画的过程。江户幕府所在的江户城中,大奥为将军内眷以及世子等的居住之处,狩野养信参照烧毁前的壁画,在大奥绘制了以《源氏物语》和《荣华物语》为主题的物语绘。其中《源氏物语》选取的章节为"绘合"(绘画)、"梅枝"(香道)、"胡蝶"、"红叶贺"(舞乐),这几个主题充分体现了《源氏物语》是日本平安王朝时代传统艺能的集大成之作,同时也兼顾了春、秋两季的自然风景与传统贺仪。① 由此我们可以发现,"源氏绘"在整个江户幕府建筑的装饰中处于"对内"的位置,它所面对的欣赏对象大多是内宅女性及将军本人。

在江户时代,"源氏绘"以及《源氏物语》主题的工艺品作为皇权以及

---

① 東京国立博物館编:《調查報告書 江戸城本丸等障壁画絵様》,東京:東京国立博物館,1988年。

王朝文化的象征成为贵族女子嫁妆中的必备之物。典型的例子有宽永十年(1633)作为幕府将军德川家光的养女嫁入加贺前田家的清泰院大姬的嫁妆。不单在贵族阶层,江户时代的富裕商人阶层也开始流行以《源氏物语》相关的艺术品作为嫁妆。如江户前期的作家井原西鹤(1642—1693)在《日本永代藏》(1688年刊)中曾经写到女子嫁妆中有《源氏•伊势物语》屏风(可参考图2.6的屏风)①。这些作为嫁妆的"源氏绘"都是精致奢华、装饰性极强的,为了制作方便,具有很强的程式化特征。

(三)江户时代的庶民文化与"源氏绘"的"俗化"

江户时代以降,"源氏绘"的制作者和受众都发生了巨大的变化。对于这一时期的"源氏绘",我们将重点讨论庶民文化对经典"源氏绘"的影响,其中包括印刷本的出现与受众之间的相互作用关系,以及整个社会文化思潮对图像制作所产生的影响。江户时代是庶民文化繁荣的时代,但也不能完全忽视处于江户城统治阶层的武家贵族对文化的导向作用。在江户的视觉文化中,庶民阶层喜闻乐见的"俗"与上层贵族阶层所坚守的"雅"通过浮世绘这种新生的艺术形式得以联结,为"源氏绘"这个古老的画题重新注入了活力。

1. 印刷本的出现与受众的变化

铜活字印刷术在安土桃山时代(1573—1603)传入日本,出版权总算不仅限于特权阶层,而逐渐有转入武家和富裕商人阶层的趋势,当然这一时期出版物的阅读主要还是在上层阶层中进行。17世纪40年代,情况发生了巨大变化。宽永十五年(1638)出版了假名"草子"《清水物语》两三千部。②这一现象出现的一大原因在于主流印刷术又从活字印刷变回了雕版。也许有人会觉得退回雕版印刷是一种印刷术的倒退,但事实

---

① [日]井原西鶴:《日本永代藏》(東明雅校訂),東京:岩波書店,1986年,第45页。
② [日]德富蘇峰:《近世日本国民史 元禄世相編》,東京:講談社,1982年,第272页。

恰恰相反。张博认为:"(返回雕版印刷)体现了商业性的出版业正用经济原理利用着多样化的印刷技术。"①当出版物的印刷量达到上千部时,雕版显然比活字更加经济适用,且便于表现插图和假名。于是大量的浮世"草子"等适应庶民趣味的出版物以上千册的规模被印刷出版,以17世纪作为一个分界点,出版物的阅读从权贵走向了普通民众。

江户时代由于印刷本的出现,准确地说是17世纪中期整版印刷本的出现,使长久以来只能通过写本传播的古典文学作品得到了广泛的流传,尤其是像《源氏物语》这样鸿篇巨制的文学作品,更是在江户时代通过各种版本的印刷本在市民阶层中流行起来。当然,《源氏物语》还是继续作为上流贵族及武士阶层的古典文化教养文本被继续抄写着,其中不乏名家抄写并精心制作的作为嫁妆或者贡品的写本,这一部分作为江户时代人们对王朝优雅文化的向往,是《源氏物语》作为高雅文化在江户时代的延长,而庶民阶层借由《源氏物语》而发散出的图像和文本上的增殖,则是在"俗"文化中的积极创新。

不可忽视的是图像,也就是"源氏绘"在江户时期的《源氏物语》传播中所起到的巨大作用。这一时期,不但传统大和绘的流派如土佐派、狩野派、住吉派的画师们着手"源氏绘"的创作,更有无数民间画师、作坊也热衷于"源氏绘"的制作。在同一流派的作坊中,图画的样式一般通过口传或者粉本的流传来继承,然而,从山本春正的《绘入源氏》(1650)出版以后,随着影响的扩大,其他绘师在无形中也受到了印刷版插图的影响。同时,拥有插图视觉经验的不仅仅是画师,还有同时代的赞助人以及读者群。在这样的阅读体验下,《绘入源氏》这类作品中的插图逐渐成了同时代人们对《源氏物语》中著名场景的共同想象。

---

① 张博:《日本江户时代的出版业——从庶民阅读史视角的考察》,《古代文明》,2015年第1期,第103—111、114页。

2. 庶民文化的影响

江户时代印刷本的普及使《源氏物语》的受众迅速向庶民阶层扩展，为了适应广大庶民的阅读趣味，经典"源氏绘"开始向以浮世绘为代表的"通俗源氏绘"过渡。其中包含图像本身从"雅"向"俗"的过渡，也包含了文字文本的"俗化"所引发的图像"俗化"。最典型的例子就是上文提到的柳亭种彦的《源氏物语》戏仿本《偐紫田舍源氏》及其插图对经典"源氏绘"的戏仿表现。由于这部分内容在第三章中会详细分析，在此仅简单举例说明。

完成"源氏绘"由"雅"至"俗"的转变与整个江户时期的"见立"（見立て）①等戏仿手法的流行密切相关。尤其是在浮世绘中，出现了大量的古典题材和当世人物风俗绘画之间的"见立"作品，典型的如前文提到的歌川国贞所作"浮世源氏八景"系列，是"近江八景"与"源氏绘"之间的"见立"关系。这样"俗"中有"雅"的结构，既能满足市民阶层对视觉刺激的追求，又能让通晓《源氏物语》的文化阶层找到看图的深层趣味。

通过"见立"，来自日本传统文学的题材与中国典故得以杂糅，或者把"源氏绘"与江户时代的造型进行视觉上的重组，从而产生庶民阶层喜闻乐见的视觉效果，客观上也对《源氏物语》的进一步普及起了积极作用。

一些在江户时期之前在"源氏绘"中被回避的画面，在这一时期也开始因为观众的需求被陆续呈现在画面中。如"桐壶"卷中，出于对天皇的

---

① 日语"見立て"是发现不同的事物甲和乙之间共通的要素，使甲既可看作是甲也可以看作是乙，共通之处既可以是外在视觉上的，也可以是内在情趣上的。见立て的翻译，英语圈的学者直接以其罗马字发音"MITATE"代替，我国曾有学者翻译成"比喻"，但两者其实有不少相异之处，如"见立"往往带有猜谜的娱乐性质，因而学界目前比较认可的还是直接用"见立"汉字翻译。具体可参考程茜:《日本文化中的「見立て」》,《日语学习与研究》,2015年第1期,第90—97页。

避讳,一般以帘子遮挡桐壶帝的面容,但江户时代的"源氏绘"则有意让天皇的整体形象暴露在画面中。又如"夕颜"卷中,夕颜之死是一个很重要的情节,但以往的"源氏绘"出于对死体的忌讳等原因对这一场景往往采取回避的态度。但江户时期承应版(1654)的《绘入源氏物语》插图就对这一场景毫不避讳。可见像《绘入源氏物语》这样的面向广大市民阶层的通俗读本,其插图制作的主要导向还是如何引起读者的兴趣,尽可能迎合大众审美趣味。

3. 中国绘画的影响

中国古代绘画之于日本绘画的影响是复杂而深远的,对"源氏绘"的影响主要体现在图像叙事表现手法以及绘画题材上。

首先,从前文的论述中我们已经了解,从图像叙事的手法上来看,日本叙事画在形成之初就已经受到了从中国传来的佛教绘画的影响,在叙事手法上顺势吸取了许多佛教绘画的因素。从图像的观看方式来看,唐代佛教变相对日本物语绘画的影响也是极为深刻的。

江户时代的日本画师广泛吸取了从中国传入的画谱图式。戚印平认为:"对应于中日美术交流,这两种主要媒介(文化传输的媒介)应为画师与画书,而在所谓的画书中,画谱所起的作用更为直接。"[①]成书于明朝天启年间(1621—1627)的《八种画谱》不知何时传入日本,但在1672年已经出现了此书十分精巧的和刻版本。比《八种画谱》影响更大的《芥子园画传》是明末清初李渔出版的,据考证初集传入日本的时间不晚于元禄元年(1688),传入次数不少于41次,传入数量不少于238套。[②]此外,《十竹斋画谱》于宝历九年(1759)传到日本。另外还有姚际恒《好古堂书画记》、张庚《国朝画征录》、邹一桂《小山画谱》等。

---

① 戚印平:《日本江户时代中国画谱传入考》,《新美术》,2001年第2期,第68—88页。
② 戚印平:《日本江户时代中国画谱传入考》,《新美术》,2001年第2期,第68—88页。

不仅仅是画谱,更有许多书籍插图也流传到日本。"当我们将目光投向17世纪,考察若干南画作品的实际制作过程时就会发现,虽然舶来我国的明清画作为数不少,但日本的南画家很少有人直接研习同时代的明清绘画真迹。相反,他们有很多作品曾参照过明末清初的书籍插图。这是17世纪日中美术交流的一种形式。"①明代是出版文化极为繁盛的时代,诞生了像闵版《会真图》这样震惊西方世界的版画作品。无独有偶,18世纪的"源氏绘"也出现了与闵版《会真图》极为相似的图像作品——《源氏八景手鉴》。这两部作品都是以"器物"边框的形式制作出画中画的效果,其中有许多作为边框"器物"的类别是一致的,如屏风、卷轴等。虽然没有明确的资料记载《会真图》是否在当时已传入日本,但两者间的视觉联系还是非常明显的。这种以"器物"做边框的方式在明代小说插图中也非常流行,通过书籍插图展开的视觉文化交流应该是中国绘画在当时影响江户绘画的主要途径。

(四)消费与文化输出需求下的《源氏物语》图像

生产技术的发展引发文本及图像物质层面的变革,现当代的《源氏物语》图像制作受到图像技术变革的影响而有了更加丰富的新媒体形式,静态图像也不同程度地借鉴了动态图像的叙事手法,有了更强的表现力。在消费主义文化的影响下,《源氏物语》的图像制作特点首先是更趋细分化,并产生了逐渐脱离《源氏物语》原文的、独立建构的"源氏物语图像符号体系"。另外不可忽视的是,《源氏物语》在日本政府树立对外国际形象时发挥了特殊作用,因此而引发了图像制作取向的变革。

1. 消费文化下的《源氏物语》图像的独立世界建构

自20世纪90年代大和和纪的《源氏物语》出版以来,《源氏物语》相关的漫画改编根据不同的读者层,呈现出更加细分化的特征。立石和弘

---

① 王勇、上原昭一 :《中日文化交流史大系·艺术卷》,杭州:浙江人民出版社,1996年,第56页。

认为:《源氏物语》相关的出版物可以细分为两种。一种是以女性和学生为主要受众的平安王朝幻想,并与学校教育和日本民族性的发扬密切相关;另一种则以男性为主要受众,是以性幻想为主题的文化再生产。①

在消费主义的影响下,针对不同的目标人群来定制图像叙事的重点与目标效果是必然的趋势。在这种导向下,《源氏物语》的图像制作主要面对以下几个消费阶层。第一,以40岁以上的女性为目标人群的女性杂志,如《家庭画报》《妇人画报》《和乐》等,通过对《源氏物语》中"雅文化"相关的图像建构,为追求高品质生活的中老年女性阶层描绘优雅的平安贵族生活。第二,针对年轻女性的少女漫画则以《源氏物语》中的恋爱故事为底本,对主要女性人物进行典型化处理,并着意加强对情爱图像的描绘以吸引读者。图像层面的增殖进而引发了脱离《源氏物语》原文的情节的增加,逐渐成为披着"源氏物语"外壳或"平安时代"外衣的现代爱情故事。第三,以成年男性,尤其是"宅男"一族为对象的漫画作品。此类作品最典型的是以《源氏物语》中光源氏与紫姬的故事为蓝本而诞生的"光源氏计划"(即"少女养成计划")。相比少女漫画,以男性为目标的漫画对人物形象的刻画则更加性感,甚至直接把性爱作为联系所有情节的关键词。

图像复制时代的"源氏绘"已经形成了一个与《源氏物语》原文相距甚远的独立的图像世界。复杂的"源氏文化"经由图像成为当代日本人心中对平安王朝精致的贵族生活的重现,形成了某些具体的人物形象和典型化的情爱模式。无暇阅读《源氏物语》原著的日本人在"图像建构"的"源氏物语世界"中逐渐形成各自的文化圈层对《源氏物语》的不同想象。

2. 文化输出与《源氏物语》图像创作

日本国家文化战略对当代《源氏物语》图像的创作有着明显的导向作用。藤原正彦的畅销书《国家的品格》(2005)中将日本文明定义为"情绪与形的文明",提倡"武士道精神"与对美的极致追求。日本前首相安

---

① [日]立石和弘:《〈源氏物語〉関連出版と解釈共同体——婦人雑誌·本質主義·レイプ·光源氏計画》,选自倉田実编《現代文化と源氏物語》,東京:おうふう出版社,2007年,第143页。

倍晋三在2006年竞选宣言中有"美丽的国家——日本"。这些都表明了日本对于树立"美丽的日本"这一国际形象的追求。在这种文化策略的导向下,《源氏物语》主题绘画在当代视觉艺术领域中担当着宣扬"平安王朝的美学"之重要角色,以表现平安王朝的"唯美""精致""诗意"为最主要的创作目的。1991年日本经济新闻社举办了一场现代《源氏物语》日本画展览,54卷每卷对应一幅参展作品。其中有一半作品采用的是隐喻的手法,以原文中出现的和歌意象或者卷名为主题绘制的风景、花鸟、静物类型的作品。①

2009年,鸠山内阁提出将"酷日本的海外推广"作为"21世纪振兴日本战略项目"之一。有学者认为,随着"酷日本"的不断扩展与深化,显现出综合性的特征,即把日本所有的文化进行打包,囊括了酷、优雅、传统、现代等多重含义。②近年来,《源氏物语》的小说改写及漫画创作等都涌现出了与"酷日本"的概念有关的作品,如梦枕摸的《秘帖·源氏物语翁‐ＯＫＩＮＡ》③(2011)就把物语的部分章节与阴阳师相结合进行重新创作,表现了日本文化中神秘的一面。漫画作品中有樱田雏的《黑源氏物语》(2015—2016),着重描写了主人公光源氏在面对不受自己控制的命运时所表现出的内心的阴暗面,画风也一改往日同类题材惯用的王朝风雅而代之以唯美却暗黑的风格。

在梳理《源氏物语》图像叙事变迁及其原因的过程中,我们可以大致把握从古至今,《源氏物语》的图像如何建构权威,如何在时代变迁的过程中吸收各方面的影响,形成一个多样化的"源氏"文化共同体,继续承载着日本人心中对平安王朝的瑰丽幻想和现实中对《源氏物语》的不同解读。

---

① 详见展览画册,[日]河北倫明、细野正信编:《现代の源氏物语绘》,大阪:日本经济新聞社,1991年。

② 张梅:《日本对外文化输出战略探析——多元实施主体与国家建构路径》,《日本问题研究》,2020年第2期,第60—72页。

③ 可译为《源氏物语秘闻·神乐》,因此书没有正式译名所以保留日文原版书名,以免混淆。

第三章 《源氏物语》图文的叙事逻辑

对文学图像而言,它与原著文本之间的关系是一个无法回避的问题。本章将选取《源氏物语》中的"若紫"卷,通过对文本故事情节及图像场景选择的对比,具体分析《源氏物语》文本图像化的内在动力,即"场景性"叙事的基本结构。在此基础上对"若紫"卷的图像化进行个案分析,通过文本与图像的精读,探讨图像叙事对文字叙事的模仿与拓展,不同制作目的下图像化策略的不同之处,以及图像叙事对原著场景的重构。关于"互文性",在此笔者使用的是广义上的"互文"概念,即不同媒介之间的互文性研究。在以往的研究基础上,研究不同图像形式如何表现《源氏物语》中同一章节或同一主题,分析这个过程中图与图、图与文以及文与文间的互文关系。文学作品的图像化除了要考虑文图转换过程的互动关系之外,图像媒介本身的特点也是一个重要的方面。本章的后半部分选取了"源氏绘"中几个比较典型的样式,分别从场景构建的方式、空间叙事的手法、评点式的图像再创作以及隐喻手法在"去人物化"图像的运用几个方面进行了探讨。

结合前辈学者的研究成果,总的来说,《源氏物语》图像的语图关系的变化并没有超出赵宪章提出的"语图一体""语图分体"到"语图合体"三个阶段以及其分别对应的"以图言说""语图互仿"以及"语图互文"的特点。[①]首

---

① 赵宪章:《文学和图像关系研究中的若干问题》,《江海学刊》,2010年第1期,第183—191、239页。

先毋庸置疑的是,《源氏物语》的文字文本是先于图像确立的,所以一开始图像就是以模仿文字叙述而出现的,其语图关系从"语图分体"的状态开始,是以图像模仿文字为主要趋势的"语图互仿"。在早期绘卷中的确存在过图文分装的情况,但《源氏物语》绘卷是否也有这样一个时期暂时还没有实物或文字资料能够证实。结合《源氏物语》图像形式的变迁来看,绝大部分图像属于"语图合体"的模式,即便是一些画面上没有词书文字的屏障画,它的图像也与《源氏物语》原著文本有着紧密的指涉关系,严格说来并不能列入"语图分体"的阶段。

关于第三个阶段"语图合体",赵宪章认为"文画合体",就是:"将语言和图像书写在同一个文本,即'语图互文'体,二者在同一个界面上共时呈现,相互映衬,语图交错"。①现存"源氏绘"中年代最早的《平安源氏绘卷》即是图文相间装裱的"语图互文"体样式。《平安源氏绘卷》诞生的时间与《源氏物语》原著写作的时间之间最长相差不过百年,百年间从图文分装到合体的变化对平安时代那样一个纸张紧缺的时代来说并不是特别现实。结合第二章讨论的《源氏物语》的男性读者对物语的欣赏方式来看,既然男性读者在原著写作之初就已经介入作品的阅读,那么图文间隔形式的装裱应该在原著诞生不久就展开了。"源氏绘"中的小型纸本类作品如册页、扇面、版画插图等都可以归为此类。

因而本书对于《源氏物语》图像的语图关系讨论主要并不是为了讨论其语图互文基本模式的演变轨迹,而是围绕图像叙事与文学叙事之间的互动关系进行具体个案的分析。

第一节　文图转化的内动力:传统"源氏绘"以"对坐场景"为中心的叙事模式

陆涛在《中国古代小说插图及其语图互文研究》中提道:"由于小说

---

① 赵宪章:《文学和图像关系研究中的若干问题》,《江海学刊》,2010 年第 1 期,第 183—191、239 页。

是语言的艺术,我们就可以把小说与图像的关系归到小说所用的媒介语言与插图所用的媒介图像之间的关系上……要满足这种互文关系,我们认为要具备以下两个条件:一是语言要具有图像化倾向,二就是这两种媒介具有互补功能……"①关于语言图像化的问题,他提出一个新的批评词汇,即"语象",来解决该问题,并认为"语象"是语图互文关系发生的逻辑起点。赵宪章认为:"'语象'即语言之象,语言能指中的'形象'(意象)是其来源。如前所述,'文字'作为能指中'声音'的替代,意味着'意象'由本来附着于'声音'而改为附着于'文字',语言之象(语象)当然也就自然转换为'字像'"。②笔者认为,"语象"可以是具体到基本字、词的意象,也可以是一部作品中的某个重要场景的意象。米克·巴尔认为图像化的关键"不是故事要素向形象一对一的转换,而是小说最为重要的方面及其意义的视觉操作"③。在《源氏物语》这部作品中,语言图像化的基本转化动力或者逻辑起点则是整部作品以众多"对坐场景"为中心,并向外呈同心圆状辐射,最后交织在一起的文本结构。同时,作者为了呈现这些"对坐场景"而采用的"如画"式逼真描绘,使场景的"语象"在原文中格外清晰。

为了说明《源氏物语》的叙事结构特点,首先简要回顾一下物语文学传统。日本文学史中对于物语文学的定义一般是从《竹取物语》开始到《源氏物语》及其模仿作品为止的平安王朝假名文学作品。《源氏物语》之前的《竹取物语》与《伊势物语》分别代表了物语文学中最主要的两个传统:早期"说话"型物语与和歌物语。《源氏物语》显然同时受到两者的影响。《竹取物语》中总是出现以"見て"(看见)、"聞きて"(听说)等表示见

---

① 陆涛:《中国古代小说插图及其语图互文研究》,南京:南京大学出版社,2014年,第103页。

② 赵宪章:《文学和图像关系研究中的若干问题》,《江海学刊》,2010年第1期,第183—191、239页。

③ [荷]米克·巴尔:《叙述学》,谭君强译,北京:北京师范大学出版社,2015年,第158页。

闻的词汇结尾,带有很强的讲述性。这种传统在《源氏物语》中演变成了作为叙述者出现的各种身份的侍女。和歌物语以歌意为中心,只记述与和歌相关的内容,因而情节内容有一定的跳跃性。《伊势物语》即是这样的以和歌为中心短篇的故事集,叙述咏歌行为出现之前或之后的场景,具有强烈的段落性与抒情性。《源氏物语》无疑继承了部分和歌物语的传统,其中出现795首和歌,有不少卷名也出自文中的和歌。《源氏物语》与《伊势物语》之间的互文关系已经被不少日本学者研究过,比如其中"若紫"卷与《伊势物语》第一节"初冠"的关系等。如果从恋爱故事的场景描述来看,《源氏物语》可以说是对《伊势物语》中各种男女恋情场景模式的长篇扩写,也就是说《源氏物语》补充了《伊势物语》中每个故事开篇的"某个男子"及"某个女子"的具体身份,以及人物间的种种关联,放进一个复杂的社会历史背景中去描述故事场景发生的前因后果,咏歌场景也在其间自然发生。

清水好子曾详细论述了"以对坐场景为中心"的结构是作者紫式部在构架《源氏物语》各个章节的内容时最基本的手法。她在《源氏物语的文体与方法》中提道:"在《源氏物语》中,中心人物两人相对而坐的场面是作者企图对这个物语的心像世界进行刻画时所采用的基本场景。……《源氏物语》每个章节中的若干事件都是围绕一个或者数个中心场景组织的。……这是《源氏物语》文本世界构成的基本原型。"①《源氏物语》的文本结构很大程度上继承了传统和歌物语文学的"对坐场景性"结构,人物对坐往往要进行长篇的对话或者心理描写,这些部分在很大程度上揭示了作品中的人物矛盾以及内心的纠葛。虽然从全文上来看,前一部分以主角光源氏的年龄增长作为最主要的时间线,但在每个章节中,事件的构成又具有很强的"场景性",围绕一个主要的"对坐场景",周

---

① [日]清水好子:《源氏物语の文体と方法》,東京:東京大学出版会,1980年,第49—50页。

边产生若干个次要的"场景",彼此之间像一个个相互交叠的圆圈共同串在一条时间线上。

《源氏物语》中对这些关键性的"对坐场景"所进行的描写有时候似乎早已经预设了之后图像化的构图方式。如下文"乙女"卷中夕雾与云居雁隔着纸格扇吟咏和歌的场景:

> 他觉得十分没趣,便靠着纸隔扇坐下来。云居雁也还不曾睡着,她躺在那里倾听夜风吹竹的萧萧声,又遥闻群雁飞鸣之声,小小的芳心也感到哀愁,便独自吟唱古歌:"雾浓深锁云中雁,底事鸣声似我愁?"那娇滴滴的童声非常可爱。夕雾听了心中焦灼起来,便在门边低声叫道:"把这门开开! 小侍从在这里吗?"然而没有人回答。①

叙述者一开始的视线范围应该是与"他"即夕雾一致的,但马上又转换到了隔扇另一头的云居雁。所谓"自由间接引语"的叙述方式使这段文字中叙述者的视线在夕雾与云居雁之间转换自如,似乎不受那挡住两人的纸格扇的影响。而我们再看"源氏绘"中对这一场景的描绘,不得不感叹,似乎叙事者正看着这样一幅画面进行描述一般。引文中这种穿越隔扇两端的视线的最佳图像化方式便是"吹拔屋台"(日本绘画中故意不画屋顶的表现手法)的构图。

那么,《源氏物语》图像描绘的"场景"与原著的"场景性"结构有什么关系呢? 传统"源氏绘"的场景选择方式主要有以下两种。第一,根据《源氏物语》文本54卷进行的平均分配,在各章节中挑选情节发展的关键场景。第二,有的"源氏绘"并没有对54卷进行平均场景分配,而是着重选择了某些章节,这与"源氏绘"本身的样式(比如四季主题屏风按四季组合选取场景,风俗类屏风则偏爱宴乐、盛大的仪式等户外场景)、相应的构图方式以及功用有很大关系。而同一个流派的绘师往往要遵循

---

① [日]紫式部:《源氏物语》,丰子恺译,北京:人民文学出版社,2014年,第369页。

流派图式的传承,在进行新的"源氏绘"创作时都会参考上一代留下的作品,在传承的基础上创新,这也是场景选择越来越程式化的一个原因。对54卷平均分配类型的"源氏绘"稍作比较就可以发现,室内人物对坐(少数为独坐)和男性偷窥女性居所的"垣间见"是最主要的两种场景模式。54卷中除了"红叶贺""葵""澪漂""蓬生""关屋""胡蝶""行幸""匂宫"这8卷是表现户外出行、祭祀、乐舞等场景外,其余均为"对坐人物"与"垣间见"。清水好子在《源氏物语绘画的方法——新资料〈源氏物语绘词〉介绍》①一文中介绍了关于"源氏绘"创作图像指导手册的材料(据推测为室町时代末期撰写后翻印),此文献对于定型化的"源氏绘"研究具有重要意义,在后文的语图分析中笔者将把此文献作为分析对象之一。经由清水氏统计,此手册中的场面选择占比重最大的是有关男女恋爱的对坐或窥视场景,其次是亲人对坐的场景,再次是宴饮游乐的场景,最后是户外(海边、山间)出行场景,并分析了产生这种场景选择倾向的原因很大程度上是由于当时人阅读《源氏物语》的方式。②从场景选择的比例来看,"源氏绘"的制作者们与《源氏物语》的作者都对"对坐"场景十分看重,这是图像对文学叙事的结构性模仿。

我们以整部小说中女主人公紫姬的故事线为例,考察其中重要事件与场景选择的类型:

①紫儿与源氏公子的相遇。 场景类型:垣间见(若紫卷)

②紫儿被源氏公子接入二条院。场景类型:对坐(若紫卷)

③紫儿与源氏公子的新枕仪式。(新婚风俗)场景类型:对坐(葵卷)

④源氏公子流放须磨前与紫姬辞别。场景类型:对坐(须磨卷)

⑤紫姬为源氏公子的风流韵事而烦恼。场景类型:对坐(朝颜卷)

⑥紫姬病逝。场景类型:对坐(御法卷)

---

① [日]清水好子:《源氏物語絵画の一方法——新資料〈源氏物語絵詞〉紹介》,《国語国文》,1960年第5期,第1—14页。

② [日]清水好子:《源氏物語の文体と方法》,東京:東京大学出版会,1980年,第203—223页。

从以上的事件与场景类型来看,除了相遇之外,紫姬的其他人生大事都是用"对坐"场景来展现的。"对坐"场景在《源氏物语》中真可谓万能通用的场景模式,无论表现的是人物细水长流的日常生活、凄楚的离别还是面对面的矛盾冲突,还是充满内心纠葛的"修罗场",都可以这一模式进行描绘。而除了对坐场景之外,"垣间见"一般表现了恋情开端男女的初遇,出行的场景如"蓬生""关屋""澪标"等则是去赴约的途中、约会后的归途或在出行中途与昔日恋人的偶然相遇,这些场景都是在围绕"对坐"场景的实现所做的准备或是交代对坐事件的前因后果。

平安时代的宫廷女官为了取悦皇室而创作娱乐性的物语故事,在故事构架之初,就算作者本人也未必对整个故事的走向、规模有明确的认识。更何况,物语故事的欣赏方式由于受到古代女性普遍低下的识字程度所限,自其诞生之初就与图画密不可分。在讲故事的女官脑海中,总是有一个最中心的画面,由此向周边扩展延伸。图画用形象与色彩构建物语世界某一个时刻的场面,文字则用连续不断的描述来解释、扩展这一场面的前因后果。清水好子推测《源氏物语》的文字文本所具有的结构一开始就是为了适应朗读式伴随图画的物语欣赏方式而出现。[①]她通过分析"须磨"卷中源氏公子出发去须磨的前后事件的叙事发现,作者有意采用一种先交代梗概,再分场景回溯的方式进行叙述,这种方式尤其适合看图听故事,先有个大致了解,再仔细品味细节。也就是说,《源氏物语》的原文本叙事手法与文本结构都为图像化做了必要的准备,有了内在的转化动力,而图像化的结果也正是迎合了文字文本特点的顺势而为。

第二节　图像对文学的模仿与重构:以"若紫"卷的图像化为例

在文学与图像的关系中,一开始往往是文字文本处于上风。文字文

---

① ［日］清水好子:《源氏物語の文体と方法》,東京:東京大学出版会,1980年,第47页。

本的特性决定图像的内容和样式，图像则以模仿①文字文本的内容和结构为主。比如抒情性的文字文本，如和歌，就比较适合册页与屏风这样单独画面构成的形式，便于整个画面与和歌对照欣赏，细细品味；而叙事性较强的物语，尤其是民间传说、寺院缘起类的文字文本则更适合绘卷这样横长的、犹如动画一般、图像能够追随时间线不断延长的形式。《源氏物语》是一部结构复杂的散文体小说，其中又插入了795首和歌，因而与之相适应的图像形式也具有多样性。图像模仿文学叙事的例子在《源氏物语》的图像中所占比例是最大的，从最古老的《平安源氏绘卷》开始一直到江户时代制作的大型绘卷——《幻之源氏物语绘卷》，这种图像对文学叙事的模仿始终是图像叙事的主流。但是从整个图像叙事发展的进程来看，现存最早的东京博物馆藏"若紫"残卷和天理图书馆藏"若紫"残卷显然是最贴合原文情节及描述的，是对物语原文的忠实模仿。在其后镰仓室町时代出现的白描小绘卷则表现出一些个人化的解读，更多时候是对《源氏物语》中对歌场景的再现。室町时代的画帖在不断程式化的过程中，图像叙事逐渐开始对文学原著的解读产生反向的作用。

（一）图像对文学叙事的模仿：图册与插图本的比较

"源氏绘"的场景选择一直是日本学者关注的重点，宏观的场景选择指的是一部"源氏绘"作品从整个《源氏物语》54卷中选取了哪几卷进行描绘，而微观的场景选择则是指对某一章节的描绘中选择了哪些事件进行图像化，甚至可以细分至同一事件的前后时间段。场景选择是判别

---

① 此处对"模仿"的定义可以上溯至古希腊时期的"模仿说"。"模仿"一直被认为是文艺创作最重要的方式，亚里士多德《诗学》中提道："诗的本质都是模仿。"哈利威尔在《模仿论美学》（2002）中提出了模仿的五种方式，包括：1. 视觉上相似；2. 行为上相似；3. 扮演，包括戏剧演出；4. 作为有意义的或表现性的声音结构的语言或音乐制作；5. 形而上学的符合。图像叙事模仿文学即通过图像的形式语言模仿文学叙事的要素、结构等，从而达到场景的再现，实现"语象"的互通。

"源氏绘"在漫长的历史中形成的谱系的重要线索,也是具体研究某件"源氏绘"作品时对其进行时代、流派判断的依据之一。而在本节中之所以还要探讨场景选择则是为了探讨不同的图像制作目的下,制作者如何进行场景的取舍以及所产生的叙事效果。

室町时代开始,出现了《源氏物语绘词》①(以下简称《绘词》)这样的图像化指导手册,对其后"源氏绘"的程式化转变起到很重要的推动。

为便于研究,笔者把《绘词》中"若紫"段翻译如下②。每段绘词一般为两个部分,先指出绘画时的要素,再罗列画面对应的《源氏物语》原文。

若紫

《绘词》场景1:

北山三月卯月某一日,有柴垣、惟光陪同源氏公子,帘子半卷,有花供在案前,四十岁左右的女性正靠在矮几上读经。侍女们靠在中间的柱子旁,还有两个孩子。放走雀鸟的紫儿身穿白色内衣、外套,棣棠色罩袍,头发像扇子一样展开。

《绘词》摘录的《源氏物语》原文:

但见这女孩诉说道:"犬君把小麻雀放走了,我好好地关在熏笼里的。"说时表示很可惜的样子。旁边一个侍女言道:"这个粗手粗脚的丫头,又闯祸了,该骂她一顿。真可惜呢!那小麻雀不知飞到哪里去了,近来越养越可爱了。不要被乌鸦看见才好。"说着便走出去。她的头发又密又长,体态十分轻盈。③

《绘词》场景2:

源氏访问僧都住处,各色草木,水中无月,有点火的灯笼。僧都在三昧堂,源氏在与尼君说话,尼君身后立着屏风,屏风上隐约透出紫儿的身影。源氏公子手持扇子。

---

① 《源氏物语绘词》传本有京都大学藏本、大阪女子大学藏本,以及类似的宫内厅书陵部所藏《源氏之词拔书》等。本文中引用的是大阪女子大学藏本。

② 日文翻刻请见[日]片桐洋一:《源氏物语绘词 翻刻と解说》,京都:大学堂书店,1983年,第11—14页。

③ [日]紫式部:《源氏物语》,丰子恺译,北京:人民文学出版社,2014年,第84页。

《绘词》摘录的《源氏物语》原文：

源氏公子开言道："小生唐突奉访,难免轻率之罪! 但忠心耿耿,并无恶意。我佛慈悲,定蒙鉴察。"他看见这老尼姑道貌岸然,气度高雅,心中不免畏缩,要说的话,急切不能出口。老尼姑答道："大驾降临,真乃意外之荣幸。复蒙如此不吝赐教,此生福缘非浅!"①

《绘词》场景3：

头中将吹笛,左中弁用扇子打拍子唱歌,随从中有吹笙的人。岩石上摆放着各种食物。僧都坐在水边,正从袋子里取琴,希望源氏公子能操琴一曲。源氏公子应在僧都一侧。旁边放着金刚子数珠的唐风布袋子,上面结着五叶松枝,藏青色琉璃的瓶子中装着各种药品,结着藤花和樱花枝。来接源氏公子的公卿们有两三人在马车边,侍童和僧人们听着琴声不禁落泪。

《绘词》摘录的《源氏物语》原文：

僧都亲自抱了一张七弦琴来,对公子说："务请妙手操演一曲,如蒙俯允,山鸟定当惊飞。"他恳切地劝请。源氏公子说："心绪紊乱,深恐不能成声。"但也适当地弹了一曲,然后偕众人一同上道。②

《绘词》场景4：

冬之初,源氏一行从紫儿住处归来路上,侍从敲门,源氏公子在牛车旁,雾气弥漫,霜白遍地。

《绘词》摘录的《源氏物语》原文：

源氏公子想起了一个极秘密的情妇,她家就在这归途上。便在那里停车,叫人去敲门。然而里面没有人听见。计无所出,便叫一个嗓子好些儿的随从在门外唱起诗歌来：

"朝寒雾重香闺近,

岂有过门不入人？"

---

① [日]紫式部:《源氏物语》,丰子恺译,北京:人民文学出版社,2014年,第88页。
② [日]紫式部:《源氏物语》,丰子恺译,北京:人民文学出版社,2014年,第91页。

连唱了两遍,里面走出一个口齿伶俐的侍女来,回答道:

> "雾重朝寒行不得,
>
> 蓬门不锁任君开。"

吟毕就进去了。①

《绘词》场景5:

葵姬弹着关东调。源氏命惟光去送东西。时间是初冬。

《绘词》摘录的《源氏物语》原文:

此时源氏公子正住在左大臣家。葵姬并不立刻出来相见。源氏公子心中不快,姑且弹弹和琴,吟唱"我在常陆勤耕田……"的风俗歌,歌声优美而飘荡。

《绘词》场景6:

源氏强行带回紫儿之时。门外有惟光或马,门内源氏正抱着紫儿上车。少纳言乳母或者惟光站在院子里,随从有两人。与上图相似的初冬有雾的早晨。

《绘词》摘录的《源氏物语》原文:

源氏公子摸摸她的头发,说:"去吧,爸爸派我来迎接你了。"紫儿知道不是父亲,慌张起来。样子非常恐怖。源氏公子对她说:"不要怕! 我也是同爸爸一样的人呀!"便抱着她走出来。惟光和少纳言乳母等都吃惊,叫道:"啊呀! 做什么呀?"源氏公子回答道:"我不能常常来此探望,很不放心,所以想迎接她到一个安乐可靠的地方去。我这番用意屡遭拒绝。如果她迁居到父亲那边去,今后就更加不容易去探望了。快来一个人陪她同行吧。"少纳言乳母狼狈地说:"今天的确不便。她父亲明天来时,叫我怎么说呢? 再过些时光,只要有缘,日后自然成功。现在突如其来,教侍从的人也为难!"源氏公子说:"好,算了,侍从以后再来吧。"便命人把车子赶到廊下来。众侍女都惊慌地叫:"怎么办呢!"紫儿也吓得哭起来了。少纳言乳母无法挽留,只得带了昨夜替姑娘缝好的衫子,自己也换了一件衣服,匆匆上车而去。②(此段摘录原文有删减,画线部分并没有摘录)

---

① [日]紫式部:《源氏物语》,丰子恺译,北京:人民文学出版社,2014年,第100—101页。

② [日]紫式部:《源氏物语》,丰子恺译,北京:人民文学出版社,2014年,第104页。

《绘词》场景7：

紫儿迁居二条院，源氏赐予女童四人，应有室内用具屏风、话本、图画等。紫儿穿着红色衣服正朝东厢望去，透过挂霜的前庭花木可以看见源氏公子与四品、五品大人们。

《绘词》摘录的《源氏物语》原文：

源氏公子到东殿去一下，这期间紫儿走出帘前，隔帘观赏庭中的花木池塘。但见经霜变色了的草木花卉，像图画一样美丽，以前不曾见过的四品、五品的官员，穿着紫袍、红袍在花木之间不绝地来来往往，她觉得这地方确实有趣。①

《绘词》场景8：

接着上图紫儿在写字，遮掩着不给看，源氏公子夺过来看了以后，重新在纸上给她写了示范。此处应有砚台、书案座席。

《绘词》摘录的《源氏物语》原文：

其中一张写的是一曲古歌："不识武藏野，闻名亦可爱。只因生紫草，常把我心牵。"写在紫色纸上，笔致特别秀丽。紫儿拿起来看看，但见旁边又用稍小的字题着一首诗：

"渴慕武藏野，露多不可行。

有心怜紫草，稚子亦堪亲。"

源氏公子对她说："你也写一张看。"紫儿仰望着源氏公子说："我还写不好呢！"态度天真烂漫，非常可爱。源氏公子不由地满面堆上笑来，答道："写不好就不写，是不好的。我会教你的。"她就转向一旁去写了。那手的姿势和运笔的方法，都是孩子气的，但也非常可爱，使源氏公子真心地感到不可思议。紫儿说："写坏了！"羞答答地把纸隐藏起来。源氏公子抢来一看，但见写着一首诗：

"渴慕武藏野，缘何怜紫草？

原由未分明，怀疑终不了。"②

以上即《绘词》的"若紫"卷部分，从场景选择上来看，着重描绘了在

---

① ［日］紫式部：《源氏物语》，丰子恺译，北京：人民文学出版社，2014年，第105页。

② ［日］紫式部：《源氏物语》，丰子恺译，北京：人民文学出版社，2014年，第105—106页。

北山寺院以及紫儿迁居二条院以后的场景,省略了与藤壶妃子有关的情节。从各个场景的图样说明来看,《绘词》的图样说明基本上是贴合原文的,尤其是对环境的描绘及器物的细节,如场景2中,特别提到"水中无月",原文中也提到"这时候没有月亮,庭中各处池塘上点着篝火"。又如场景3中对一些小物件纹样的描绘,如结着五叶松枝的唐风袋子、插着藤花枝和樱花枝的藏青色琉璃药瓶子等。片桐洋一认为《绘词》中图样说明的语句句尾多用"とあり"这一带有引用性质的助词,说明大部分图画说明是遵照《源氏物语》原文描写的。[1]但是《绘词》在细节遵循原文的同时又存在一些很明显的对原文的误读。如场景5,由于缺少主语[2],读者很容易认为弹筝的人是葵姬。但根据下文摘抄的《源氏物语》原文部分,可以马上明确弹筝的人物是源氏公子本人,而不是图样说明中所写的葵姬。另外,场景1中,靠在中间柱子上的是尼君,但图样说明则改成了侍女。这样的改动在整部《绘词》中还是不少的,但这些误读或有意的改动基本上不能改变其模仿物语原文的性质。这也代表了传统"源氏绘"中绝大部分画师在制作"源氏绘"作品时的首要目的,是重现物语场景。

比较每个场景的图样说明与其后摘抄的原文部分可以发现,图画内容与摘录的原文在情节上是对应的。一般来说,图画贴合物语原文中对场景环境的细节描写,摘录的原文则会选取人物的对话或对歌。这样一来,无声而静止的画面就仿佛有了生气,活动了起来。如场景1摘录的原文是紫儿对尼君抱怨的对话,场景4是随从与侍女之间的对歌,场景5是源氏所唱的民歌。就像漫画人物说话时通常会画补充内容的气泡框一般,《绘词》中摘录的原文绝大多数也起到了相似的作用。

---

① 日文翻刻请见[日]片桐洋一:《源氏物語絵詞翻刻と解説》,京都:大学堂書店,1983年,第115—131页。

② 日语原文:あふいの上あつまをすかかきてひき給ふ源ハ惟光をめして物とい給へ所也ころハ冬のはしめ,此处很容易把弹筝主语看成是あふいの上(葵姬)。

以"若紫"为例,让我们仔细分析一下历代绘师对这一卷场景的图像化选择与"对坐"场景为中心的图像叙事模式。这一章节中的主要事件都发生在源氏18岁那年,包括:

①源氏因为疟疾去京都北山的佛寺中做法事;

②源氏首次窥见紫儿;

③藤壶妃子怀孕;

④桐壶帝知晓藤壶妃子有孕;

⑤源氏强行接紫儿回二条院居住。

这几个主要事件中尤以"源氏首次窥见紫儿"最为核心,也是这一章最常见的被图像化的场景。从地点上看主要是北山——京城(宫中、左大臣宅邸、已故按察大纳言宅邸、二条院),这几个地点之间的往复。

为了对这一问题有一个更加清晰的认识,笔者先罗列出《源氏物语绘词》中的场景,并以此为统计依据对各部作品进行统计。在这部《绘词》中"若紫"卷的入画场景依次为:

①源氏与惟光窥探紫儿。②源氏向僧都询问紫儿的身世。③众公子与源氏在北山郊野奏乐宴饮。④初冬某一天清晨,源氏从紫儿居处归来,路过旧情人的宅院。⑤源氏回京后在左大臣邸弹琴解忧。⑥源氏强行带紫儿回二条院。⑦紫儿被安置在二条院东厢。⑧源氏教导紫儿习字。以上8个场景的选择与天理本相比,多了从北山回京之后的若干情节,基本上涵盖了"若紫"卷中的主要故事线。而天理本则是把《源氏物语绘词》的场景1作为图像化的中心场景重点刻画,并添加了与场景1相关的其他场景,共同构成一个以场景1为中心的、更加完整的故事线。

以下将各部源氏绘作品中对"若紫"卷的场景选择进行列表统计,上文中没有出现的场景则在表后以其他场景列出。通过此表我们可以比较各时期作品对于"若紫"卷的场景选择有怎样的共同倾向,也可以从中发现一些比较特殊的例子。

表3.1 "若紫"卷场景选择表

作品序号	时代	作品名	场景								其他
---	---	---	1	2	3	4	5	6	7	8	
1	平安时代	东京博物馆藏若紫断简			√						
2	镰仓时代	天理图书馆藏源氏绘卷	√		√						√
3	15世纪末	哈佛大学藏土佐光信源氏画帖	√								
4	16世纪初	净土寺藏源氏扇面屏风	√		√						
5	1554	纽约公共图书馆藏白描源氏物语绘卷									√
6	16世纪	宫内厅三之丸尚藏馆藏传狩野永德源氏屏风	√								
7	1612	久保惣博物馆藏源氏画帖									√
8	1619	京都国立博物馆藏土佐光吉笔源氏物语画帖	√								
9	1642	宫内厅三之丸尚藏馆藏狩野探幽源氏屏风			√						
10	1654	承应版绘入源氏	√		√	√			√		√
11	1688	Chester图书馆藏源氏绘卷	√								
12	17世纪初	土佐光则源氏画帖									√
13	17世纪	土佐光则白描贴付屏风									√
14	17世纪	白描画帖									√

（续表）

作品序号	时代	作品名	场景								
			1	2	3	4	5	6	7	8	其他
15	17世纪	住吉如庆源氏画帖	√								
16	17世纪	九耀文库藏住吉如庆笔源氏扇面	√								
17	17世纪	福冈美术馆藏土佐光起笔若紫屏风	√								
18	17世纪晚期	源氏大和绘鉴	√								
19		海之杜美术馆藏源氏画帖			√						
20		奈良大学藏源氏屏风	√								
21		石山寺藏400画面源氏画帖	√	√	√	√	√	√	√	√	√

各场景内容如上《绘词》所示，其他为不在这本指南中的场景。

其他场景选择包括：

①源氏与侍从在北山登高望远（作品2、21）；

②僧都责问尼君与侍女抛头露面（作品5）；

③源氏在僧房听者瀑布声彻夜难眠（作品7）；

④源氏派惟光给少纳言乳母送信（作品2）；

⑤源氏与藤壶密会（作品10）；

⑥源氏探望紫儿强行与之同寝（作品12）；

⑦兵部卿亲王探望紫儿（作品21）；

⑧源氏教导紫儿习字游戏（作品10、21）。

依据上表（表3.1）的统计我们不难看出，场景1"源氏与惟光在北山第一次窥见紫儿"是"若紫"卷最典型的场景,几乎有60%的作品选择了这一场景,这也是大部分屏风类装饰性较强的作品最倾向于选择的画面。大部分读者提起"若紫"卷的内容,印象最深的恐怕也是这一场景。白描类的"源氏绘"在场景选择上往往比较特殊,表中所罗列的几部白描作品对"若紫"卷的场景选择都在《源氏物语绘词》中列举的基本场景之外。土佐派的画师在场景选择上有明显的流派传承,但也不排除有像土佐光则这样喜欢独自创新的绘师。

如果给"若紫"卷原文列一个详细的时间线则如下:

①北山部分

源氏入住北山寺院祈祷除病—源氏在山中散步,眺望京城—随从良清与源氏聊起明石浦的前国守之女—源氏回到寺院后随从劝他启程返京,被老僧劝阻,便住了下来—傍晚时分,源氏与惟光在茅垣旁窥视尼姑、紫儿和侍女们—僧都回到茅屋和尼姑说了源氏一行在山寺中,并提议请源氏公子前来一叙—源氏听到僧都的话,匆忙返回山寺—源氏随僧都去往茅屋游览—夜里僧都去诵经,源氏隔着屏风与侍女及老尼姑赠答诗—天色微明,僧都为源氏诵经—僧都为源氏公子送行,献酒、赠送金刚杵,源氏与尼姑赠答诗—诸公子前来迎接源氏,众人坐在山中奏乐享乐

②京城—皇宫

源氏回京后入宫参见父皇—左大臣送源氏回府邸见葵姬—源氏写信给北山尼姑—源氏派惟光送信,僧都找少纳言乳母详谈。

藤壶妃子回三条娘家休养—王命妇暗中促成源氏与藤壶幽会(四月)。

到了夏天,藤壶妃子已怀孕三个月,更加忧心。

源氏做怪梦,请人解梦—源氏得知藤壶怀孕,便请王命妇促成两人相见,未果。

七月,藤壶妃子回宫—早秋时节,皇帝请源氏进宫,在御前操琴吹笛。

③按察大纳言宅邸—北山

北山尼姑回京,源氏致信问候—暮秋时节,源氏访问情人途中路过北山尼姑和紫儿的居所,便进去访问,听到隔壁紫儿的声音—衰秋夕暮,老尼姑病势转重,回山中休养。

④北山—按察大纳言宅邸—二条院

十月里老尼姑去世,源氏遣使悼唁—三旬(一个月)后紫儿迁回京城—几天后源氏前去访问—天明后源氏匆匆访问情人,未及入门便赶回二条院—同一天,紫儿生父兵部卿亲王前来探望紫儿—源氏派惟光探望紫儿,得知她们正准备迁居兵部卿宅邸,便在夜里急忙去把紫儿接到二条院—源氏在二条院西殿安抚紫儿—众侍女向兵部卿隐瞒紫儿去向—兵部卿去北山探寻紫儿去向,未果。

从这一卷的时间线及主要事件来看,场景1的确是本卷十分重要的一幕,但远远不能概括"若紫"卷全部的情节。与藤壶妃子相关的主要事件虽然在整部《源氏物语》的情节中处于重要地位,但在这一章中显然不是作者着重描写的部分,同样在图像化的场景中也鲜有对这一部分情节的表现(除承应版《绘入源氏》)。

在前后跨越一年时间的"若紫"卷中,有三个叙事速度明显放缓的部分,即作者特别详细去描写的部分。这三个场景都是与紫儿相关的,分别是源氏第一次见到紫儿(以下称场景1)、访问回京的老尼姑时听见紫儿的说话声(以下称场景2)、紫儿入住源氏宅邸二条院(以下称场景3)。这三个场景在石山寺收藏的《源氏物语画帖》①中也是图像化的中心场景,下文将具体举例分析,此不详述。由此可见,《源氏物语》在具体每个章节中的行文组织是具有明显"场景性"结构的。在"若紫"卷中围绕场

---

① 石山寺收藏的《源氏物语画帖》,共有水墨勾色渲染的画面400幅,每个画面都贴有相应的提示文字,几乎包含了绝大多数"源氏绘"的图像化场景,并且其中有170多幅图画是迄今为止其他"源氏绘"中所没有的独一无二的图样设计。

景1展开的是源氏去往北山为疟疾诵经的前后事由;围绕场景2展开的是老尼姑和紫儿进京、重返北山的一系列事件;围绕场景3的则是老尼姑去世后,源氏与兵部卿针对紫儿的归宿而发生的一系列事件。

具体以"若紫"卷为例,则图像对文学叙事的模仿主要体现在情节安排与场景再现上。与《绘词》的图像化构思最相似的是石山寺收藏的共包含400幅画面的《源氏物语画帖》,这部画帖以图像作为主要叙事媒介,仅仅贴了题签对图像内容加以提示。与《绘词》中提示的图像化场景相比,《源氏物语画帖》的场景多了3个,分别是"源氏与侍从在北山登高远望""源氏访问情人途中路过紫儿的居所,便进去访问""兵部卿亲王来看望紫儿,父女双双落泪"。添加的3个场景与其后的场景都有一定的因果关系,或者有紧密的前后关系。如果除去这3个场景,整个情节线索就会模糊很多。

插图型的图像作品又有不同的目的与侧重点。笔者将以承应三年版(1654)《绘入源氏物语》为例进行说明。这部《绘入源氏物语》是首部印刷版的插图本《源氏物语》,作者山本春正是一位漆画画师,同时也是一位和歌歌人。《绘入源氏物语》原文来自青表纸本系统①,是具有正统性的原文来源,为方便读者加上了句读点、标注了假名读法等,并在适当的地方加入插图,共计226幅,是规模相当庞大的插图本《源氏物语》。

承应三年版《绘入源氏物语》中"若紫"卷共8幅插图,见图3.1-3.8,基本上涵盖了以上概括的"若紫"卷的主要事件。8幅插图的内容为:

图3.1 三月末源氏公子去北山祈祷。

图3.2 三月末源氏与惟光窥探紫儿。

图3.3 三月末源氏公子向尼君表明自己想收养紫儿的心愿,但遭到拒绝。

---

① 《源氏物语》手抄本原文基本有两个系统,河内本与青表纸本,青表纸本传说为是藤原定家手中流传下来的抄本系统。

图3.1 《绘入源氏物语·若紫1》插图,山本春正绘,日本国立国会图书馆藏

图3.2 《绘入源氏物语·若紫2》插图,山本春正绘,日本国立国会图书馆藏

图3.3 《绘入源氏物语·若紫3》插图,山本春正绘,日本国立国会图书馆藏

图3.4 《绘入源氏物语·若紫4》插图,山本春正绘,日本国立国会图书馆藏

图3.5 《绘入源氏物语·若紫5》插图,山本春正绘,日本国立国会图书馆藏

图3.6 《绘入源氏物语·若紫6》插图,山本春正绘,日本国立国会图书馆藏

图3.7 《绘入源氏物语·若紫7》插图,山本春正绘,日本国立国会图书馆藏

图3.8 《绘入源氏物语·若紫8》插图,山本春正绘,日本国立国会图书馆藏

图3.4三月末众公子与源氏在北山郊野奏乐宴饮。

图3.5四月源氏公子与藤壶妃子私通。

图3.6九月下旬北山尼姑死后,源氏公子访问紫儿住处,并陪伴其度过一夜。

图3.7源氏从紫儿居处归来,路过旧情人的宅院。

图3.8冬源氏把紫儿安置在二条院西厢,并教导紫儿习字。

从以上插图内容来看,这部《绘入源氏物语》相当贴合原文故事线,因其并不是对原文进行了删减的概要书,所以插图的安排也是面面俱到,尤其在与其他绘入本或者全绘本(如前文中的石山寺本画帖)相比较后可以发现。对于藤壶妃子部分的有意回避几乎是各版描绘"若紫"卷的惯例,但承应版《绘入源氏物语》却没有回避,虽然只有一幅插图,但却实实在在描绘了源氏与藤壶妃子之间的私通事件(见图3.5)。

与《绘词》的场景选择进行对比后发现,虽然两者都选取了8个场景,但承应版《绘入源氏》的场景多了图3.1、图3.5、图3.6,却少了《绘词》中的场景5、场景6、场景7。多出的部分除了图3.1是铺垫北山之行的部分之外,图3.5是源氏妃子与藤壶私通的部分,3.6是源氏强行陪伴紫儿过夜,都带有一定的香艳色彩。而《绘词》中的场景5、场景6、场景7却相对都是比较文雅的场面,如场景5源氏弹筝解闷,场景7描绘二条院的华丽高贵。陆涛曾经提到"插图在小说叙事中起到的停顿与凝视的作用"①,因而插图一般会插在文字重点叙述的部分,给读者加深印象、渲染情绪与氛围,或者在一个事件的结束时插图,留下余味。山本春正在最后的跋文中写道:"仆自蚤岁志倭歌之道,研精覃思,从一读俊成卿之言潜心此书……古来有绘图书中之趣者,今亦于歌与辞之尤可留心之处,则附以臆见,更增图画。"②这段话表明了他对插图的看法是图应插在"歌与辞之尤可留心之处",这很明显是一种以文字文本为中心来安排图像的图像化方式,在这种导向下,图像就是对文字的图解与模仿。另外,山本春正也提到自己受藤原俊成的影响开始精读《源氏物语》,所以这部《绘入源氏物语》并不像以往的印刷本那样简单概述各章节内容,而是完整抄录《源氏物语》全部54卷原文的印刷本。

《源氏物语》中很多对风景、人物情状的描绘最后以"像画一样"作为描写的结尾。如"若紫"卷中,源氏公子刚到北山就被周围的景致吸引,

---

① 陆涛:《小说插图:叙事的停顿与凝视》,《文学评论丛刊》,2011年第1期,第16—26页。
② 跋文见《绘入源氏物语》"梦浮桥"卷末,文中提到的"俊成卿"即平安时代末期的著名歌人藤原俊成,他曾说"不读源氏实为咏歌之遗恨"。

原文写道:"他就出门,攀登后山,向京城方面眺望。但见云霞弥漫,一望无际;万木葱茏,如烟如雾。他说:'真像一幅图画呢。'"①以及紫儿被接到二条院后,"源氏公子到东殿去一下,这期间紫儿走出帘前,隔帘观赏庭中的花木池塘。但见经霜变色了的草木花卉,像图画一样美丽"②。这两处都是"若紫"卷中经常被图像化的场景。在前述的石山寺藏《源氏物语画帖》和承应版《绘入源氏物语》中都有对这两处"如画"描写的图像化实例(见图3.1)。这些"像画一样"的感叹不禁会让读者在阅读的同时展开联想,暂时脱离情节的延展,把想象蔓延到"如画"的场景描绘中。当我们读到"真像画一样"的描述,很容易在脑海中想象出一幅与之相配的画面,这个画面的形式往往会受到作品中的插图风格的影响,这是插图给读者留下的视觉经验所致。有的时候原文中被描述为"如画"的场景,反而没有被图像化。可能正是因为已经做了细致的文字描写反而没有必要再进行图像化了吧。同样,在被图像化的场景中,有很多细节的描绘、场面的设置也是原文中本来并没有说明的,只是画师作了自认为合理的想象。"语象"与实际图像的配合使得整个故事世界变得严丝合缝。或者可以说,这也是文字叙述中叙事速度放缓的部分,留给读者充分的时间想象这一场景,使脑海中的"语象"与图像弥合,从而获得更加身临其境的阅读体验。所以,从插图在小说阅读中的"停顿"与"凝视"的功用来看,这些"如画"描述的部分也的确是适合图像化的部分。不过,从整体上看,这些"如画"的描写大部分属于与主要情节线无关的景物描绘,在类似土佐光吉的《源氏物语手鉴》那样每卷选取一个场景描绘的作品里一般不会被选中,但在规模庞大的画册与插图本中则很容易被选取。

以上两部作品实际上代表了两种类型的图像化策略,即图解与独立

---

① [日]紫式部:《源氏物语》,丰子恺译,北京:人民文学出版社,2014年,第81页。
② [日]紫式部:《源氏物语》,丰子恺译,北京:人民文学出版社,2014年,第105页。

图像化。它们的区别取决于图像符号在叙事作品中是否处于主导地位。也就是说图像在这个过程中是否扮演主要的叙事媒介,是作为文字符号的辅助,还是作为一种相对独立的图像叙事媒介。跨媒介叙事学家玛丽-劳尔·瑞安认为:"无论是讲述故事还是说明故事,静态图片可以在这两种策略中选择。"①"讲述"与"说明"分别提示了图像叙事的功能倾向,"讲述"要抓住情节线切入,"说明"则比较自由。这是两种比较常见的图像转化模式:其一,以模仿文字叙述为主,作为说明故事、辅助文字叙述为主要目的的图像,如小说插图等;其二,与文字共享同一个原文本,但几乎不依靠文字符号,主要以图像符号进行叙述,如屏风画、画帖等。这种类型的图像会选取一个关键性时刻,比如"对坐"或"垣间见"进行描绘,观者通过这一瞬间的图像进入故事的情节线中,就像爱玛·卡法雷诺斯所说的:"具有叙事含义的绘画或摄影提供给感知者一段体验,可比作从故事中间进入一则叙事中;我们自问发生了什么,将要发生什么,在叙事序列中的我们处于哪里。"②图像在此主要起的作用是唤起观众对原故事的记忆。

如承应版《绘入源氏物语》这样的插图是图解型作品的代表。图解是图像符号作为一种辅助工具,帮助文字符号更好地表述文本内容的图像构思方式。这类图像与文字文本共存于同一物质空间,如文图间隔装裱的绘卷,有的文字与图像处于同一画面,如江户时期上文下图的印刷本小说。文字符号与图像符号共享同一原文本,文字符号作为主要的叙事媒介,而图像在这种情况下始终是第二位的,是服务于文字符号表达的。

---

① [美]玛丽-劳尔·瑞安:《跨媒介叙事》,张新军、林文娟等译,成都:四川大学出版社,2017年,第127页。

② Kafalenos, Emma. *Implications of Narrative in Painting and Photography*. New Novel Review 3. 2(1996):pp. 53-66.

图解的功能可以分为以下几种：

第一，对于某些文字符号比较难以同时表现的场景起到形象化说明的效果，比如源氏公子与惟光在柴垣后窥探紫儿的场景，原文的描述中涉及尼君、侍女、紫儿、少纳言乳母与犬君多个人物，这些人各自的情态以及所处的空间位置及其后的移动轨迹等在文字叙述中很难一次性把握，读者经常看了下句忘了上句。通过天理本绘卷这样的图像帮助，我们就能对源氏公子看到的场景进行总体把握，同时又可以仔细品味其中的细枝末节，比如对整个室内空间方位、内部装饰的把握。这就像莱辛所说的："物体美源于杂多部分的和谐效果，而这些部分是可以一眼就看遍的。所以物体美要求这些部分同时并列；各部分并列的事物既然是绘画所特有的题材，所以绘画，而且只有绘画，才能模仿物体美。"①这是图像的空间叙事特性给读者带来的便利之处。

第二，通过图像的细节描绘起到烘托故事氛围的作用。这一特点在《平安源氏绘卷》中体现得尤为明显。这部作品中有户外庭院场景的部分都会精心描绘院中花草，原文中提到的自不必说，还会加入一些带有特点象征意味的或者情感色彩的植物。如"蓬生"部分描绘的是源氏公子与惟光访问住在荒芜庭院中的"末摘花"小姐。原文中写道："惟光用马鞭拂除草上的露水，走在前面引路。但树木上水点纷纷落下，像秋天的霖雨一般，随从者便替公子撑伞。"②其画面忠实表现了文中主仆二人在杂草丛生的院子里艰难行进的情景，那种狼狈不堪的情状与荒凉破败的屋舍在画面的一左一右相互应和，明明是咫尺之距却令人感觉如此遥远与艰难。令人不禁想到这位"末摘花"小姐在源氏公子流放须磨之后饱受世人轻视的委屈与无尽等待的愁苦。此类通过画面色调、构图完成的视觉暗示在这

① [德]莱辛著：《拉奥孔》，朱光潜译，北京：商务印书馆，2016年，第121页。
② [日]紫式部：《源氏物语》，丰子恺译，北京：人民文学出版社，2014年，第295页。

部绘卷中可谓比比皆是,又如"御法""铃虫"段的画面中都有很精彩的表现。

独立图像化指的是以图像符号为主体,重现原文本内容的作品。这种图像化可以是包含原文本全部内容的,也可以是以其中某一条情节线或某一场景发展而来的图像,核心是图像始终处于主导地位,始终"在场"。在这类作品中,有时候也会有文字符号出现,如标题、榜书等,只是对图像起到一定的补充说明。当然,由于图像还是来源于某个原文本,如《源氏物语》,从创作者的角度来说,这个原文本是始终"在场"的,如何有效地再现故事场景或者传达某种信息是画师进行图像构思时首要考虑的问题。而从受众来看,原文本有多大程度"在场"就因人而异了。

通过上文分析,《源氏物语画帖》这类用尽可能详细的图像来展现故事发展脉络的图像化作品,包含了原著基本的中心场景(除了刻意回避的),以及围绕各个中心场景所辐射出的次要场景,使事件内容发展的前因后果较为明确地被展现出来。

而屏风画中有许多作品属于描绘原著某一卷内容或围绕某个主题的内容,作为一种空间装饰绘画,屏风画内部图像的组成也是首先满足图像自身的构图要求与图像符号的空间叙事特点。从场景选择上来看,屏风有从《源氏物语》54卷各选一个场景的,有按四季顺序从54卷中选取若干相应季节的场景进行重新组合的,也有选取以"宴乐""出行""祝仪"为主题的场景进行画面组合的,还有以单一场景进行大画面构图的作品。对于这些屏风画的场面识别,要求具有一定的《源氏物语》阅读基础与图像观看经验,两者都是实现原文本"在场"的条件。

(二)图像对文学叙事的补充与扩展

现存最早的"若紫"卷图像是东京国立博物馆所藏的断简①(见图

---

① 此断简纵21.2cm,横21.2cm,纸本设色,据秋山光和研究推测为德川•五岛本《平安时代源氏绘卷》的一部分。

2.3)。相对更加完整的则是保存在天理图书馆的13世纪末制作的源氏物语绘卷断简(以下简称"天理本")。从绘画技法上来看,"天理本"整体上呈现一种较为质朴的风格,与同时期画院画家的风格相差较大,缺乏一些绘画的专业技术训练,如出现的建筑物结构不符合几何规律等,这是画院画家不可能犯的错误,这也是一开始"天理本"较难断代的一个原因。目前日本学界比较普遍的看法是,绘制"天理本"的作者应该来自13世纪末期的贵族阶层,是一位业余绘画爱好者。[1]也正是因为画者不属于画院画师的范围,"天理本"比同时期的其他"源氏绘"更加具有个人特色,构图上也较少受到前人的干扰。

以下我们就来分析一下"天理本"对"若紫"卷图像化的处理,看看"天理本"绘卷是如何利用绘画空间的转变对"若紫"卷北山部分的故事发展进行扩展描绘的。"天理本"的词书摘抄自《源氏物语》的原文,此处引用丰子恺译本的对应部分。

卷首部分词书1缺失

右:场景1 源氏为了祛除疟疾去往北山寺院诵经祈祷。

左:场景2 源氏与侍从散步于北山寺院庭院之中。

源氏与惟光　　源氏　老僧

图3.9 线稿临摹自《天理本源氏物语绘卷》若紫1-1,30.2cm×116.9cm,纸本设色,镰仓时代,天理图书馆藏

---

[1] 由于画风界定较为困难,后来日本学界就以词书的书风界定大致圈定了这部绘卷的制作年限应该不晚于13世纪末期。

场景3　源氏在柴垣后窥视僧房里的尼姑与侍女。

侍女　　侍女　　　侍女　　　　　　　　　　　　　　　　惟光

图3.10　线稿临摹自《天理本源氏物语绘卷》若紫1—2,30.2cm×67.2cm,纸本设色,镰仓时代,天理图书馆藏

　　第一段是长达184.1cm的画面,为了便于分析,笔者作了白描简图,把它分为图3.9、图3.10两段来看。因这一段缺乏词书,我们无法进行词书与图像的对照。根据《源氏物语》原文中"若紫"卷北山段的描绘,图3.9右半中的确可见高峰耸立,源氏的车马与随从们行进在春云暖靄的妍丽山景中,左侧末端佛塔的显露,预示着此行的目的地为北山寺院。图3.9左半则采用了异时同图的手法,首先描绘了源氏公子与老和尚攀谈。老和尚居住的禅房布置简洁雅致,黑色小几上摆放着八卷本《法华经》,隔门上描绘着山水风景,源氏此时穿着七宝纹样的外衣。紧接着描绘第二日,太阳高升之后,源氏与侍从登高远望。图3.10紧接着图3.9的山坡,近处可见红梅、柳树与樱花树掩映下的屋檐。这里描绘了侍从去山下茅屋打探所观察到的场景。此处在原文中仅有"有的走下去窥探,回来报道:'里面有漂亮的年轻女人和女童。'"这样一句简单描述,而绘画场景却把这一句话扩展成了侍从窥探尼君及侍女的一个完整场景。

依据原文描述,这个尼君的房间是朝西的,此时柴垣外侍从的视线正对着这个房间,可以看见有侍女侧身跪坐在摆放着佛像与各种镀金佛器的供桌边,正在佛前供花。仔细分析场景3与场景4(见下文)我们能发现,画师其实把后面源氏公子亲自去窥探茅屋时所看到的场景——"正好窥见向西的一个房间里供着佛像,一个修行的尼姑把帘子卷起些,正在佛前供花"的部分,以及对尼君所在禅房的室内描述部分都提前表现在了图3.10中。同时,沿着廊下走过来的捧花少女则是结合了侍从前去打探时"但见这屋子里走出好几个很清秀的童男童女来,有的汲净水,有的采花,都看得清楚"的一段描述。

如果仅仅按照原文的描述,这一场景可以处理成简单的远景,但画师却把这一场景作为一个详细描绘的对象来处理。这样的方式即是对下一段紫儿首次出场的预热,也是为了后面着重表现紫儿所进行的场景设计规划。

此处有一段词书(词书2):

源氏公子旅居无事,便乘暮霭沉沉的时候,散步到坡下那所屋宇的茅垣旁边。他叫别的随从都回寺里去,只带惟光一人。向屋内窥探一下,正好窥见向西的一个房间里供着佛像,一个修行的尼姑把帘子卷起些,正在佛前供花。后来她靠着室中的柱子坐下,将佛经放在一张矮几上,十分辛苦地念起经来。看她的样子,不是一个平凡的人。年纪约有四十光景,肤色皙白,仪态高贵,身体虽瘦,而面庞饱满,眉清目秀。头发虽已剪短,反比长发美丽得多,颇有新颖之感,源氏公子看了觉得很愉快。尼姑身旁有两个相貌清秀的中年侍女,又有几个女孩走进走出,正在戏耍。其中有一个女孩,年约十岁光景,白色衬衣上罩着一件棣棠色外衣,正向这边跑来。这女孩的模样,和以前看到的许多孩子完全不同,非常可爱,设想将来长大起来,定是一个绝色美人。她的扇形的头发披展在肩上,随着脚步而摆动。由于哭泣,脸都揉红了。她走到尼姑面前站定,尼姑抬起头来,问道:"你怎么了? 和孩子们吵架了吗?"两人的面貌略有相似之处。源氏公子想:"莫非是这尼姑的女儿?"但见这女孩诉说道:"犬君把小麻雀放走了,我好好地关在熏笼里的。"说时表示很可惜的样子。①

场景4　源氏与侍从在柴垣后窥见放走小雀的紫儿。

侍女2人　尼君　紫儿　紫儿　犬君　　　　　　　　　　惟光　源氏

图3.11　线稿临摹自《天理本源氏物语绘卷》若紫2,30.2cm×80.5cm,纸本设色,镰仓时代,天理图书馆藏

　　按照绘卷展开的顺序,在读完词书2之后,首先映入眼帘的便是柴垣后窥探的源氏,他身穿白色常服,观者因而明确了自身所代入的视角是男主人公源氏。另一名穿朱红色外衣的是侍从惟光。顺着源氏公子的视线,首先出现的是被放走的雀鸟,接着便是飘扬的柳枝与漫天飞舞的樱花,顺着散落的花瓣,我们看到了在廊下追雀鸟的两个女童。其中指着雀鸟回头的是侍女犬君,另一个侧面朝向观众、但脸庞正对源氏公子的则是紫儿。门廊上躺着倾倒的雀笼,仔细观察还能看见里面的鸟食盆和立架。烂漫的樱花、翻倒的鸟笼和飞走的雀鸟是"若紫"卷最具象征性的符号。

　　两个小女童的姿态设计十分巧妙,既与原文描述相符,又富有动感,同时还兼顾了原文中叙事者的视线。此处的视线角度已然发生变化,两个女童所处的位置应该是朝北的门帘。整个建筑物就像被顺时针转了

①　[日]紫式部:《源氏物语》,丰子恺译,北京:人民文学出版社,2014年,第83—84页。

90度，让观者的视线正对之前朝西的房间，而源氏公子的视线则正对玩耍的女童。从尼君倚柱读经的姿态看，这一画面直接对应的是词书2的后半段，并且也采取了异时同图的手法。紫儿的形象在朝西的房间中第二次出现，对应词书中紫儿向尼君哭诉雀鸟被犬君放走的部分。紫儿的重复出现表明了她正是这一段中的视线焦点。

词书3

源氏公子正欲命驾启程之际，左大臣家众人簇拥着诸公子前来迎接了。众人说："公子没有说明到什么地方去，原来在此！"公子所特别亲近的头中将及其弟左中弁，以及其他诸公子，先后来到。他们恨恨地对源氏公子说道："这等好去处，你没有约我们同来取乐，太无情了！"源氏公子道："此间花荫景色甚美，若不稍稍休憩而匆匆归去，未免遗憾。"便相将在岩石荫下青苔地上环坐，举杯共饮。一旁山泉轻泻，形成瀑布，饶有佳趣。头中将探怀取出笛来，吹出一支清澄的曲调。左中弁用扇子按拍，唱出催马乐"闻道葛城寺，位在丰浦境……"之歌。这两人都是矫矫不群的贵公子。而源氏公子病后清减，倦倚岩旁，其丰姿之秀美，盖世无双，使得众人注视，目不转睛。有一个随从吹奏筚篥，又有吹笙的风流少年。僧都亲自抱了一张七弦琴来，对公子说："务请妙手操演一曲，如蒙俯允，山鸟定当惊飞。"他恳切地劝请。源氏公子说："心绪紊乱，深恐不能成声。"但也适当地弹了一曲，然后偕众人一同上道。[①]

场景5 诸公子前来迎接源氏，众人在山中合奏。

上排从左至右：头中将、源氏、老僧　　下排从左至右：左中弁、侍从1、侍从2

图3.12 线稿临摹自《天理本源氏物语绘卷》若紫3，30.2cm×90.4cm，纸本设色，镰仓时代，天理图书馆藏

---

① ［日］紫式部：《源氏物语》，丰子恺译，北京：人民文学出版社，2014年，第91页。

相比图2.3的"若紫"卷断简,"天理本"(图3.12)对郊野合奏的场景描绘显然更加忠实于原文,描绘了众公子在樱花树下环坐操弄乐器的场景,一旁摆放的酒罐和食器则暗示着宴饮场面。画师还特意描绘了文中提到的山泉,为这一场春花烂漫的山野音乐会添加了自然的幽深趣味。

词书4

过了两三天,公子召见惟光,吩咐道:"那边有一个人,叫作少纳言乳母的,你去找她,同她详细谈谈。"惟光心中想道:"我这主子在女人上面的用心,真是无孔不入啊!连这无知无识的黄毛丫头也不肯放过。"他回想那天傍晚隐约看到的那女孩的模样,心里觉得好笑,便带了公子的信去见那僧都。僧都蒙公子特地赐书,心甚感激。惟光便提出要求,和少纳言乳母会个面。他把公子的意思,以及自己所看到的大体情况,详详细细地告诉了这乳母。惟光原是个能言善辩之人,这番话说得头头是道。但是老尼姑那里的人都想:姑娘实在是个毫不懂事的小孩,源氏公子为什么对她用心呢?大家觉得奇怪。源氏公子的信写得非常诚恳,其中说道:"她那稚拙的习字,我也想看看。"照例另附一张打成结的小纸,上面写道:

> "相思情海深千尺,
> 却恨蓬山隔万重。"

老尼姑的答诗是:

> "明知他日终须悔,
> 不惜今朝再三辞。"①

场景6　源氏派遣惟光给北山老僧送信并访问紫儿的少纳言乳母。

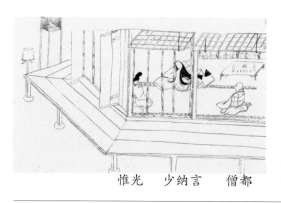

惟光　少纳言　僧都

图3.13　线稿临摹自《天理本源氏物语绘卷》若紫4,30.2cm×49.2cm,纸本设色,镰仓时代,天理图书馆藏

---

① [日]紫式部:《源氏物语》,丰子恺译,北京:人民文学出版社,2014年,第93—94页。

　　这一段的视角继续把建筑物顺时针转动了90度,因而观者看到了朝东的门帘,以及左上角在前面朝西门帘段落已经出现过的供奉佛花的木凳和净手的桧桶。还是那个有供桌的禅房,室内是对坐的惟光、僧都以及少纳言乳母。"天理本"描绘"若紫"卷的4段图像到此收尾。

　　从上述图像我们可以发现,"天理本"的绘画场景除了最后一个画面之外都集中在北山故事线部分,涵盖了北山发生的绝大部分情节,最后一个画面虽不属于北山故事线但也发生在北山。图3.13后紧接着便是"末摘花"卷的词书部分,所以现存的"若紫"部分绘画是完整的。此绘卷采用的是词书与绘画间隔装裱的形式,词书在前,绘画在后,因而在欣赏此绘卷时,观者必然是先读到文字部分的词书再观看图像。由于这种固定的装裱次序,图像在受众层面就成了文字部分的扩展,不仅使整个场景的环境更加具体,人物形象更加具象化,也使整个故事场景有了具体的时代感。同时,作者也利用细节的渲染,如飞扬的樱花瓣等,营造了男女主人公初次相遇的浪漫氛围。另外,通过视角的转动,让观者对故事发生的小小禅房有了360度的立体印象,从而在二维平面的图像上制造了三维空间的效果,使文字的时间叙事转变为绘画的空间叙事。最后通过观赏的时间先后,又把这三维空间进一步扩大为四维的叙事效果,既有空间上的扩展,又有时间的延续性。

　　但我们需要注意的是,绘卷在制作的时候,绘画图像并不是依附词书而存在的,相对而言,词书才是处在一个补充说明图像的辅助地位。综合分析这几段词书,我们可以发现,这些词书都是对之后的绘画场景的直接描述,并不涉及前因后果的描述,因而如果仅仅是把词书连在一起,会产生很明显的段落感,即令人感觉是一个段落一个段落的拼贴,而非一个完整流畅的故事线。绘画部分的长短不一,不同的段落有着不同的叙事节奏。对僧房的多角度描绘,暗示了叙事速度的放缓,通过视角转变实现空间上的扩展,以图像叙事的方式补足了场景与场景间的转换所带来的空白。"天理本"的第2个场景,即"源氏窥探紫儿"的部分是整个"若紫"卷的核心场景,这一部分与原文一致,叙事时间是明显放慢的。围绕一个中心场景(一般是男女对坐或者垣间见的场景)的若干个小场景,共同构成一个事件的全部,这些小场景都是最终到达中心场景所必经的情节,同时也是适宜"入画"的情节。

(三)图像对文学叙事的重构

纵观全篇,"若紫"卷中的中心场景无疑是"源氏公子在柴垣后窥视若紫",这是源氏与若紫爱情故事的开端。然而在不同作品中对这一"初遇"场景的描绘也有不同的取舍与侧重。首先来看对应的《源氏物语》原文:

山中的日子显得特别长,又无甚事可做,乃趁着傍晚的岚气随便徘徊浏览,不觉地,走到先前看见的那柴垣旁来。别的侍从们都已令先返回屋里,只带着惟光一人。挨近去窥视那墙内。西侧的屋子里供着佛像,有个尼姑在烧香。垂帘微卷,看得见像是在那儿供花的样子。里边有一位靠着中柱,把经卷展在案上,辛苦地诵经的尼姑,从那外表来看,怕不是寻常身份的人。她约莫四十岁,皮肤白晳,身材纤细,脸庞却相当丰腴。那眼神啦,削剪整齐的发际啦,在源氏之君眼中看来,反而比普通的长发更具新鲜感。身边只见两个清秀的侍女,此外还有一些女童们出入玩耍着。其中有一个十来岁的孩子,在白色的底裳上罩着一袭穿旧的深黄色外衣。她蹦蹦跳跳跑过来,在一群女童之中,显得与众不同,长得眉清目秀,可以想见成长后的姿色。她那浓密的乌发像一把张开的折扇,随着跳跃的身体摆动着。脸正涨得通红,站在那儿哭泣拭泪。"怎么啦? 同别的孩子吵架了吗?"尼姑抬起头来看她。二人相貌颇有些相像,或是母女吧?"犬君把麻雀放走了。人家好不容易用笼子罩好的呢!"那美少女惋惜地说。有个侍女在一旁站了起来说:"唉,又是哪个没头没脑的,做这种事来挨骂……真是伤脑筋! 到底飞到哪边去了呢? 好不容易把它饲养大了,正是可爱的时候儿哩。可别遇见乌鸦什么的才好。"这个人的头发颇长,柔柔密密的,相貌也长得不难看。大家管她叫少纳言乳母,大概是照料这孩子的侍女吧。"哎哎,又是这种芝麻小事! 怎么你老是长不大呢? 我身体这样朝不保夕的,你却在那儿愁什么麻雀呀。我不是常告诉你,饲养动物是罪过的吗?这孩子真是没办法。"说着,向她招手道:"来,坐这儿。"女童乃过去坐在一旁。那脸蛋儿长得极乖巧,眉际有如烟霞迷蒙,随便撩起垂发的额角啦,发型啦,都有一种稚纯的美。源氏之君想象其成长后的容貌,无限欢欣地出神望着。说实在的,他无意间竟在此少女身上找到了自己所刻骨铭心恋慕的人儿的影像呢。大概是她们二人太相像,致使他如此痴痴窥视的吧。念及此,不禁热泪盈眶。①

这一部分的叙述以源氏公子的视线为线索,观察尼君外貌特征以及读经的模样并加以品评。林文月译本与丰子恺译本在此处稍有不同,故此处引用林文月译本加以比较。林文月译本把供花及靠着中间柱子诵经的主体译为两个人物,丰子恺译本则译为同一人物(尼君)。笔者更加认同丰子恺译本,"天理本"在描绘这一画面时则更接近林文月译本的理解。接着源氏公子视线转向尼君身边的侍女,紧接着有女孩子闯入视线。他立刻被其中一位女孩所吸引,"棣棠色外衣""扇形头发"等描绘明确具体地勾勒出此时源氏眼中突然如从天降的若紫形象。接下来,他的视线就紧紧追随若紫,随着若紫跑向尼君哭诉,再转向若紫周边说话的尼君和乳母少纳言。这一系列人物动作有一个连贯的时间线,"天理本"对这一段采用异时同图的表现,分别描绘了一开始闯入源氏公子视线中的少女与后来被尼君叫去身边训话的少女,可以说是目前诸多版本中最贴合原文描述的。(见图3.11)

"天理本"之后的"源氏绘"中对这一场景的描绘逐渐形成一个典型模式,如土佐光信(约1522年殁)与土佐光吉(1539—1613)的版本。图3.14与图3.15的构图基本是一致的,土佐光吉忠实地继承了土佐派祖师光信的构图。该图的中心人物是一位穿着棣棠色外衣、头发很长的站立侍女形象,顺着她伸出的手掌,可以看到飞走的雀鸟,根据原文的描

---

① [日]紫式部:《源氏物语一》,林文月译,南京:译林出版社,2011年,第93-94页。

图 3.14 《光信源氏物语表纸模本》若紫，匿名绘，纸本设色，1675年，东京国立博物馆藏

图 3.15 《源氏物语画帖》若紫，土佐光吉·长次郎绘，25.7cm×22.7cm，纸本金地设色，桃山时代，京都国立博物馆藏

述，可以推测这名长发侍女应为少纳言乳母。她的身后跟着两名少女，应该是若紫与犬君。土佐光吉还在光信构图的基础上加上了靠在矮几上的尼君形象。

从"天理本源氏绘卷"到土佐光信的画帖，若紫这一场景图像的中心人物似乎发生了变化。根据《实隆公记》所记载：永正六年（1509），周防国大名大内氏的家臣陶兴就邀请三条西实隆书写"源氏绘"的词书，而三条西实隆是土佐光信《源氏物语画帖》的词书书写者之一，因而此画帖应该就是《实隆公记》中提到的永正六年（1509）左右的作品。与这一画面相伴的词书部分是若紫与少纳言乳母的对话（见引文画波浪线部分）[1]。作为贵族男性订购的源氏绘作品，这部画帖的很多构图都是以男性或男性视角作为构图的视觉中心。男主人公窥探的焦点从少女形象变成了娇艳的侍女形象，那原文中特意提到的少女身上的"棣黄色外衣"也被罩在了这位侍女的身上。小小少女似乎在图画中突然长大了。这样的处理究竟有何意图呢？原文中有几句对源氏公子的内心描绘值

---

① 原文见[日]今西祐一郎编：《源氏物语画帖 詞書翻字·図様解説》，東京：勉誠社，1997年。

得注意:"她蹦蹦跳跳跑过来,在一群女童之中,显得与众不同,长得眉清目秀,可以想见成长后的姿色。""源氏之君想象其成长后的容貌,无限欢欣地 出神望着。说实在的,他无意间竟在此少女身上找到了自己所刻骨铭心恋慕的人儿的影像呢。"(见引文画波浪线部分)这里反复提到了源氏对若紫成人后的妍丽容姿的想象,源氏在这一段偷窥过程中,有两个明确的视线段落,每段观察结束都以对其将来成人以后的想象作为结尾。对源氏公子的这一热烈幻想该如何处理?如果进行图像化,怎样能显得不刻意不露骨?笔者认为光信给出的答卷是十分稳妥的处理。他把原本属于若紫的标志性外袍披到画面中心一个原文中并没有给出明确描绘的侍女身上,并把她描绘成头发长而黑亮、体态纤细优美的典型美人形象。她身后跟着两个女孩,仿佛暗示着女孩正向着成年美女成长的过程。并且在光信的构图中源氏公子视线所达之处除了两个女孩和美丽的侍女之外别无他人,充分强调了源氏心中对少女成长的热切期盼。

我们不妨再回忆一下《绘词》对这一场景的绘画所做的提示:三月末的北山中,源氏与惟光在柴垣后面暗中窥探。帘子稍稍卷起,可以看见有侍女在供花,有位四十岁上下的尼姑倚着矮几读经。靠着中间的柱子有两位侍女,两个女孩不小心放走雀鸟,紫姬穿着白色里衣和黄色外袍,头发像扇子一般展开。[①]

比较上文中的构图说明与土佐光信版的若紫图,我们可以发现画师省略了《绘词》中对尼君的描绘部分,把视觉中心变为一个站立侍女,对两个女孩的服饰颜色安排也与绘词不一致。由此可以推测,土佐光信的时代,"源氏绘"的制作还没有完全走向程式化,画师的主观能动性还是能在很大程度上发挥出来的。而反观光吉版的"若紫",第一印象便是和光信版本在构图上的相似性,这应该是根据土佐派代代相传的粉本绘制

---

① 日文翻刻请见[日]片桐洋一:《源氏物语绘词翻刻と解说》,京都:大学堂书店,1983年,第11—12页。

图3.16 《源氏物语》卷四插图,大和和纪绘

的,光吉的构图也基本上与《绘词》中的描述相一致,除了把那件《绘词》中明确指出应该由若紫穿着的黄色外袍披在了《绘词》中并没有出现的少纳言乳母这一人物形象上,并且依旧让其处在整个画面的中心。《绘词》出现的时间大约在天正·文禄年间(17世纪之前),因而土佐光吉接触绘词的可能性是很大的。也许是图画中心那位向着飞走的雀鸟伸出纤细手腕的侍女形象太过美好动人,光吉在普遍流行的《绘词》图样和土佐派的粉本之间选择了折中,这一折中后的图样逐渐成为此场景最广为人知的图样。后来的江户时代对这一场景进行描绘的"源氏绘"基本上都延续了这一模式,以一位在廊下站立侍女作为视觉中心。

现代的《源氏物语》图像化作品,对这一情节有更加明确的处理。比如漫画作品中对心理活动的描写有其独特的图像语言,如图3.16大和和纪所作的漫画《源氏物语》中源氏见到若紫的瞬间,心中浮现出藤壶女御的面影,有了蒙太奇手法的运用,这一镜头切换般的图像衔接并不会让现代观众感到突兀。

土佐派的绘师因其流派传承,大部分都继承了土佐光吉的经典图样,但其他流派的绘师则另有不少独特的处理。从画风上来看,有的接近狩野派的风格,在对"若紫"卷这一著名场景的处理上也表现出与土佐派相异的构图方式。比如作为窥探者的源氏和惟光被安排到了画面的左上角,以一个正面窥视的形象面朝观众,而观者所处的角度则是在被窥探的人物这一边,视线之间形成一个交流圈,类似"我在桥上看风景,桥下的人在看我",这样的构图让观者也产生一种窥视的快感。也许在源氏窥探若紫的同时,禅房这边也已经有侍女注意到了柴垣外的风流公子了呢。

　　浮世绘画师笔下的若紫图有两种类型,一种较忠实于原文,但做了一些风俗上的江户式改变。如图3.17歌川国贞的作品,人物的服饰一眼看去还是平安时代的样式,但人物的动作幅度已经远远超出了平安时代贵族女子应有的教养,有一种特意夸张的效果。尼君读经的矮几也从室内完全移至室外,当然也就无所谓帘子有没有放下了,在这幅图画中这一场景完全成了半室外的设定。若紫被描绘成激动地朝着飞走的雀鸟手舞足蹈的模样,少了原文中那种楚楚可怜的模样,多了些活泼好动的印象。

图3.17　《源氏香之图·若紫》,歌川国贞(丰国)绘,25cm×19cm,套色版画,19世纪,日本国立国会图书馆藏

　　图3.18、图3.19两个黑白印刷版本的插图也属于这一类型。其中图3.18《源氏大和绘鉴》借鉴了不少土佐派的传统图样,只是把所有女性人物都描绘为站立的姿态,并且侍从惟光从成年男子形象变成了少年形象的小侍从。图3.19《源氏物语绘抄》则对这一场景重新做了图解。源氏一人在柴垣后窥探到的是乳母少纳言和若紫,宛如一对亲密的母女(抑或姐妹),其他多余的人

图3.18　《源氏大和绘鉴·若紫》插图,菱川师宣绘,22.7cm×15.7cm,江户初期,日本国立国会图书馆藏

图3.19　《源氏物语绘抄·若紫》插图,池田英泉绘,18.0×12.1cm,1837年,早稻田大学图书馆藏

物一概被舍弃,男女主人公之间的距离也被拉进到似乎可以互相看见对方,他们之间形成一个紧密的视线交流空间,而观众才是真正在画外窥探的人。这一"姐妹式"构图令人不禁想到与"若紫"卷有着互文关系的《伊势物语》。

"若紫"卷与《伊势物语》第一段的互文关系已经有许多学者论述过①,在此不再赘述。在《伊势物语》第一段中男主人公在春日(地名)郊野窥探的是一对美貌的姐妹。图3.20对这一场景的描绘也是以一个男子在柴垣外窥探两名女子为基本图式,作为标志性的鹿在此处可以说是辨认图像究竟是"源氏绘"还是"伊势绘"的一大特征。如果除去"鹿"这个春日地区的标志性动物形象,这些图画的构成要素是十分相似的,都是屋檐下的几名或站或坐的侍女形象与柴垣外窥探的贵族公子与侍从。

图3.20 《伊势物语》插图,月冈雪鼎绘,1756年出版,日本国立国会图书馆藏

不难推断,出现这一构图相似性的原因很可能是因为同一作者对某一相似题材进行绘画创作时的图式套用。那么不同作者间对"伊势绘"与"源氏绘"是否也存在图式套用的做法呢? 答案应该是肯定的,比较晚近的源氏物语图像的"若紫"部分中源氏与小侍从以及廊下两名站立侍女的形象都让人立刻联想到《伊势物语》第一段的图像。

池田忍在论及"伊势绘"与"源氏绘"在图式上的相似之处时认为:主

---

① "若紫"卷卷名的来源就是《伊势物语》第一段中的和歌"谁家姐妹如新绿,使我春心乱似麻"。这里的新绿就是"若紫"卷中若紫被比喻成新草的出典来源。

要原因是两者都属于"女绘"这一绘画类型,其所涉及的题材无非男女爱情,非常具有针对性,所以图像构成上的相似是很难避免的。①广海伸彦则认为"伊势绘"与"源氏绘"的图像类似性与他们在同一群体中被制作并被鉴赏有很大关系,他还具体地对比了嵯峨本《伊势物语》插图与土佐光吉《源氏物语画帖》(久保惣博物馆藏)在"须磨"卷的图像化上的相似之处,并指出光吉的源氏画帖以及17世纪后的一些"源氏绘"在"须磨"卷的绘画中出现的场景选择与当时流行的嵯峨本《伊势物语》插图有很大关系。②笔者认为,以上两位学者的观点都是重要原因之一,但究其根本还是《源氏物语》原著本身对《伊势物语》的和歌物语传统的继承,以及同样以"对坐场景"为中心的文本组织结构,进而影响了两者图像化作品的相同图像结构。

图3.21 《源氏五十四帖·若紫》插图,歌川丰国绘,套色版画,1853年,日本国立国会图书馆藏

浮世绘中的另一种形式是更加大刀阔斧的改变。如图3.21的若紫图,图中是一位站在廊下,身穿江户时代和服的美人形象,她的脚边还有一个顽童,身后盛开的樱花、右上角飞翔的雀鸟暗示着"若紫"卷中"放走雀鸟"的情节。整个画面色彩浓郁热烈,充满新年伊始的春季的生机勃勃,也带有一定的民俗意味。但如果不熟悉《源氏物语》的观众则很可能要误会"若紫"卷中若紫的年龄了。

这种把《源氏物语》中的女主人公描

---

① [日]池田忍:《白描伊势物語絵巻とその系譜的位置》,《美術史》,第121卷,1978年,第32—46页。

② [日]广海伸彦:《物語絵の往還——近世初期の源氏絵と伊势絵を中心に》,《出光美術館研究紀要》,第17卷,2011年,第49—72页。

绘为"美人画"形式的手法还集中表现在后来嫁给源氏为正妻的"三公主"这一人物上。以戏仿形式,把《源氏物语》中的主要人物从故事情节中抽出,以江户风俗表现出来,是江户时代"源氏绘"与"浮世绘"结合的一种主要形式。当然《源氏物语》中的主要人物或者情节并不是都适合作为戏仿对象的,那些表现恋情开始的"窥探""一见钟情",最终却导致悲剧的场景尤其被江户大众所喜爱。"若紫"卷中的"若紫"与"若菜"卷中的"三公主",都是处在一段恋情开始的女主人公,最后也都是生离死别的结局,因而在江户时代都成为浮世绘中戏仿图像的典型素材。

从以上对"若紫"卷"垣间见"场景的演变的分析我们可以发现,早期的"天理本"绘卷的图像化还是十分贴合原文描述的。从土佐光信的《源氏物语画帖》开始,绘师或者整个制作的协调者(或称主持者)的主观解读开始更大程度地影响图像化的结果。同一流派的绘师还要考虑流派的传承,像土佐派这样的御用画派通常为皇室贵族制作"源氏绘",不得不考虑订购人的意愿,比如作为贵女嫁妆等,因而选择比较具有吉祥寓意的场景。

土佐光信版的"若紫"绘画构成中体现出的对原文的读解从某个侧面反映了"养女养育婚姻"[①]的故事类型在整个《源氏物语》文本构成中的重要性,也进一步印证了这部画帖所体现的强烈"父权"意识。虽然源氏在北山僧房外窥见的是少女时期的若紫,但他的心里已经想象出若紫在自己的养育下逐渐成长,进而与心中秘密爱恋着的藤壶妃子的形象重叠。这一心理活动的描写是对源氏为何如此执着地要把若紫强行带回二条院的铺垫,是使后文中的一系列情节合理化的一大重要原因。因而在图像化的过程中,如何把这一原因表现出来也是对绘师的一大考验。

① [日]倉田実:《養女養育婚姻譚の生成》,《国文学解釈と鑑賞(源氏物語の鑑賞と基礎知識・若紫)別冊》,東京:至文堂,1999年,第247—257页。

光信之后的土佐派画师基本上在继承光信图式的基础上只进行一些细微的改动,光信对中心侍女人物所做的服饰上处理也往往被后代的画师所忽略,从而变为一个没有文学寓意只有姿态美感的程式化美人形象。在漫长的图式杂糅与流变过程中,又结合了《伊势物语》第一段的绘画图式,成了江户晚期那种与《伊势物语》构图极为相似的类型。

论及图像对文本的重构问题,我们有必要再回顾一下《源氏物语绘词》这部作品,阅读其图样描述会发现有一个值得注意的特点。还是以"若紫"卷为例,如果我们把《绘词》的"图样说明"部分连起来看,基本上可以串联"若紫"卷的主要情节,而当我们把摘抄的原文部分,即词书的文字连起来看,则会产生强烈的段落感,难以捕捉主要的故事线。也就是说,原本应该处于强势的文字符号体系在这里却成了叙事性较弱的符号体系。而本该是"虚指"的图像符号体系由于被文字符号强行表述而成了"实指性"符号。这样一种"倒错"的体验从某种程度上也许可以说明为什么日本学界对《绘词》的制作目的众说纷纭。

关于《绘词》的制作目的,曾有不少日本学者提出过迥然相异的看法,比较主要的有三种:其一,认为《绘词》是综合了以往的源氏绘图式,从而作为源氏绘制作的指南;其二,认为《绘词》是贵族们用来进行《源氏物语》词书书法创作的参考书;其三,认为《绘词》是一部个人定制的梗概书。[①]笔者认为以上几种观点当然都有一定的可能性,片桐洋一氏在《源氏物语绘词翻刻·解题》中也有与第三种观点类似的论述。持这种观点的学者们认为,《绘词》中对场景的图样指示太过抽象,画师很难根据那样的文字描述进行绘画创作。如"若紫"卷的场景5:"葵姬弹着关东调。源氏命惟光去送东西。时间是初冬。"根据这样一句既没有构图限定,又没有色彩限定的图样描述来作画,最终的效果实在是难以预料。不妨做

---

① [日]竹村信治:《源氏物語絵詞の言述》,《文学》,2009年第5期,第161—173页。

个假设,图样指示也许并不是《绘词》的重点,而后面摘录的《源氏物语》原文才是真正的"看点",图样指示的存在是为了提示后文摘录的原文所对应的"场景",因此图样指示用了小字书写,原文摘录则用大号字体,视觉上的重点也显而易见。

"源氏绘"描绘的"场景"来自《源氏物语》的文本,而在《绘词》中的"场景"又来自对绘画的描述,这是一种文—图—文—文的鉴赏。在这个鉴赏过程中,文字符号与图像符号纠结缠绕,已经很难明确地剥离彼此。但我们不能否认的是,这些"场景"的列举,的确很大程度上来自以往"源氏绘"的制作及观看经验。通过总结这些图像观看经验形成的场景罗列构成了《绘词》的文本叙事脉络,影响着读者对其中摘录的原文部分的理解。在分析《洛神赋图》时,赵宪章认为辽宁博物馆藏的《洛神赋图》:"把《洛神赋》的全文题写在画面留白处,'图''文'符号共享同一个文本,二者同时在场。……整幅作品出现了赋文、赋图和书法三种艺术不同的音质和乐音,恰如交响乐之和弦共鸣,丰富、浑厚而又悦耳、动情。就声音和形象的组合效果而言,图文符号的同时在场使'图'成为可读之图,实现了真正意义上的'读图'。"[1]《源氏物语绘词》看上去似乎是一部纯文字文本,但它的内容却体现了"图""文"同时在场而形成的一种特殊的、"可看"的文字文本,与《洛神赋图》作为可"读"之图类似,是一部可"看"之书。

第三节 图像叙事自身的逻辑

《韦氏词典》的"媒介"词条,收录了如下两项定义:1. 传播信息、娱乐的渠道或系统。2. 艺术表达的物质手段或技术手段。[2]本小节借用第 2

---

[1] 赵宪章:《语图叙事的在场与不在场》,《中国社会科学》,2013 年第 8 期,第 146—165、207—208 页。

[2] *Webster's Ninth New Collegiate Dictionary* .Springfield MA: Merriam-Webster, 1991.

项定义,以《源氏物语》图像为基本材料,讨论文学图像化过程中,图像所遵循的具有其本身媒介特性的叙事逻辑,即图像作为一种艺术表达的物质手段或技术手段,所具有的叙事特征。

(一)图像叙事的时空构建

图像由于其特殊的物质存在形式与符号特性,在叙事时有着自身独特的话语结构。在文艺复兴建立的西方绘画传统中,以单一视点绘制的单幅图像由于设定了一个固定的时空节点,只能通过对"富有包孕性"的一刻的描绘来暗示故事的前因后果,这种暗示由于图像符号的虚指性而带有很大的不确定性。连续的系列图像则可以通过多幅画面的衔接和画面内容的变化来表现时间的延续和空间的变化,从而展现事件的发展。画面空间的延展和主要人物(也包括动物、植物等)展现的行为、状态的变化是图像构建其叙事时空的基本途径。

古代东亚的绘画在时空构建上有着一套区别于西方绘画的独特结构,这种结构的产生首先是由于东亚绘画中画面视点的可移动性,不单单在横长构图的手卷绘画中,而且在大型屏风和立轴中都是如此。移动视点使画面的空间与时间随着视点的变化有了延展性,自然就能够叙述事件的发展变化。日本的古代绘卷是横长构图的典型,根据其构图的形式又可以分为段落式与连续式构图,这些作品在叙事上形成了一套比较成熟的"图像语法",了解这些基本的"图像语法"可以帮助人们更好地理解图像所叙述的故事。

其中,以《平安源氏绘卷》为代表的段落式绘卷中,在建构时空上采用"俯瞰视角"与"吹拔屋台"的手法,使大部分发生在室内的物语场景得以清晰地呈现在画面中,甚至是发生在不同房间,或者室外的事件也可以在一幅画面中同时描绘。如小山清男分析了来自《平安源氏绘卷》的"竹河2"与"御法"两图,其中"御法"图中向上翘起的地面似乎给人一种不甚协调的空间感,但研究者根据它所做的轴测投影图,发现这样的构图其实也是严格按照画师对实际空间的理解进行描绘的。[①]"御法"图是典型的"俯瞰视角",观者可以通过较高的视线辨明室内人物的位置关系和那些由榻榻米与几帐构成的复杂的斜线边框。"竹河2"则是以处在室外的视线来描绘物语绘中常见的男性窥探女性的"垣间见"类型的图像,通过小山氏的斜侧投影分析可以清晰地看到处于室外的男性(藏人少将)目之所及的范围,从而可以在众多女性人物中锁定画面的女主人公(大女公子)。同一部作品中可以出现多种视角的描绘,这样不仅能够摆脱千篇一律的构图,也能够暗示图像叙事的聚焦产生了变化。

在屏风等大型装饰性绘画中,空间构成可以随着屏风的主题、构图要素的对称和谐等因素而进行重新拼贴组合,下文将会详细分析屏风类作品重组时空的几种方式。屏风中又分为大画面整体构图和小画面拼接构图的形式,其中小画面拼接类型的屏风中,每个小画面的构图与绘卷中的段落式构图是基本相通的。

当一幅画面中需要表现同一人物在同一场所中的行为变化时,最古老的"异时同图"手法还是采用同一人物重复出现的形式,尤其是在连续构图的传说类绘卷中非常普遍。在以段落式构图为主的"源氏绘"卷中,灵活转变场景的视角(见前文对《天理本源氏绘卷》的分析),令观众随着画面角度的变化而意识到人物行为的变化是一种典型的手法。

1. 物语绘卷的场景构建方式

物语绘卷是日本古代绘卷中的一种类型,主要指的是以古代物语故事,尤其是平安王朝的物语文学为表现内容的绘卷。一方面,它的产生依赖于物语文学的文字文本,是对文字文本的图像化表现;另一方面,物语绘卷又不同于图画与文字分装的绘本,绘本是作为一种独立的图像被

---

① 两幅图均来自[日]小山清男:《源氏物語の絵画空間》,《図学研究》,第23卷,1989年Supplement号。

制作的,图像是叙事的主要媒介,需要尽可能地表现情节的发展,配合侍女对文字的朗读达到最佳叙事效果。物语绘卷则是对原文本更深度的图像化,通过与其装裱在一起的词书部分,共同组成一个从属于原文又相对独立的互文共同体。物语绘卷的观者往往对整个故事已经有了较完整的认识,通过鉴赏物语绘卷达到更深层次的艺术体验。物语绘卷又被称为"女绘",以精致的色彩与线条、缺乏动态的人物和千篇一律的脸部造型为特色。但是物语绘卷又尤其擅长营造故事氛围与人物心理空间,以下我们以日本国宝平安时代《源氏物语绘卷》(即《平安源氏绘卷》)为例分析其构建心理空间的方式。

现在主要存于德川美术馆与五岛美术馆的《平安源氏绘卷》是图文交替式绘卷的典型。在这部绘卷现存的19段画面中,"柏木"卷是保存最完整的部分,共3幅画面,分别对应以下第3、5、6场景。画面前摘录有词书,通过阅读词书发现,抄录的部分都涵盖对应画面内容,其中"柏木1"与"柏木3"的词书还交代了这一场景的故事背景,"柏木2"的词书则是直接以柏木的自白切入场景。词书在前起了主要的叙事作用,图像在后则以补足文字叙事加深观者对这一场景的感受。"柏木"卷的主要事件如下:

①柏木给三公主写信诉衷情;

②三公主分娩;

③朱雀院趁夜探望三公主并让她剃发出家("柏木1");

④附身的鬼魂向源氏诉愿;

⑤夕雾探望奄奄一息的柏木("柏木2");

⑥薰公子五十日献饼仪式("柏木3");

⑦柏木死后,夕雾探访落叶公主。

词书部分摘录如下:

柏木 1

入山修行的朱雀院闻知三公主平安分娩,不胜庆喜,却又十分挂念。听说她身子一直不好,不知究竟如何,左思右想,诵经念佛也不得专心了。三公主身体如此衰弱,加之连日饮食不进,竟濒于危险状态了。她对源氏说:"我年来一直思慕父亲,此刻更加想念得厉害了。难道此生不得再见了吗?"说罢放声大哭。源氏便派一适当人员到朱雀院去,将三公主情状如实奏闻。朱雀院闻讯,悲痛不堪,顾不得出家人规例,就在当夜悄悄地前来探望。并无预先通知,突如其来驾临,使得源氏吃了一惊,惶恐万状。朱雀院对他说道:"我对世俗之事,早已忘怀一切。然而心中尚有惑乱,便是爱子之心执迷不悟。因此闻讯之后,修行也懈怠了。倘若死之先后不按老幼顺序,而她先我而死,则此恨绵绵,永无绝期。为此不顾世人讥议,夤夜匆匆来此。"朱雀院虽然改了装束,神情照旧清秀。为欲避免外人注目,不穿正式法衣,只着一件墨色便服,然而姿态清丽可爱,使得源氏不胜羡慕,一见了他,又像往常那样掉下泪来。对朱雀院说道:"公主病状并不严重,只因几月以来,一直衰弱,加之饮食不进,以致积累成疾耳。"接着又说:"草草设席,乞怨不恭!"便在三公主帷屏前设个茵褥,引导朱雀院进去就座。众侍女连忙扶三公主起身,下床迎候。朱雀院将帷屏略略撩起,对她说道:"我这模样很像个守夜的祈祷僧,然而修行功夫未深,煞是惭愧!只因挂念于你,教你看看我的模样。"便伸手拭泪。三公主哭泣着,以非常微弱的声音答道:"女儿已无生望,父皇今日枉驾,就请顺便剃度我为尼僧吧。"朱雀院答道:"你能有此大愿,诚属可贵。但虽患大病,未必竟无生望。况且你年纪轻轻,来日方长,此时出家,将来反多烦累,招致世人讥议。还望三思为是。"又对源氏说道:"她发此心,出于自愿。病势若果沉重,我想让她出家,即使片刻,也可蒙受佛力赐助。"源氏说:"她近日常说这话,但闻人言,此乃邪魔欺骗病人,唆使发心出家,请勿听信为是。"朱雀院说:"若是鬼怪唆使,听信了是不好的,原也应该慎重;但现在这病人如此衰弱,自知无望而作此最后请求,如果置之不理,深恐后悔莫及。"①

---

① [日]紫式部著.丰子恺译.源氏物语[M]北京:人民文学出版社,2014年,第642—643页。

柏木 2

柏木答道:"这病怎么重起来,我自己也不觉得。痛苦在什么地方,也说不出来。我总以为不会忽然变坏,想不到日复一日,弄得如此衰弱,如今元气也丧失了。我这死不足惜之身,能够延命至今,全靠种种祈祷和誓愿的法力吧。然而迟迟不死,反而使我痛苦,如今但愿早点死去。虽然如此,我在这世间难于抛舍之事,实在很多啊!事亲不能尽其天年,最可伤心;事君也是半途而废,罪愆良多。而回顾自身,不能扬名立业,抱恨而死,尤觉可悲。此种世人共有的恨事,姑置不谈。但我心中另有一种痛苦,在这大限将临之时,本来不必泄露于人,然而到底难于隐忍,总想向人诉说。我有许多兄弟,但因种种关系,即使对他们隐约谈起,也不相宜,只可向你诉说:我对六条院大人,稍有得罪之处,数月以来,忠心耿耿,惶恐异常。但此事实在非出本意,伤心至极,自觉将成疾病。正在此际,忽蒙大人宣召,遂于朱雀院庆寿音乐预演之日,赴六条院叩见。观其眼色,显然对我未能恕罪。从此愈觉人世忧患甚多,生涯全无意趣,心中骚乱之极,便弄得如此狼狈。我固微不足数,我对大人自幼忠诚信赖,此次之事,恐是听信谗言之故。我今死去,只有此恨长存于世,当然又是我后世安乐的障碍。但愿你在得便之时,禀告六条院大人,善为辩解。我死之后,若蒙大人恕罪,我就感恩不尽了。"他越说下去,样子越是痛苦,夕雾看了非常难过。他心中已经猜到那一件事,然而未能确实察知详情,便答道:"你何必如此多心啊!家父并没有怪怨你呢。他闻得你的病如此沉重,非常吃惊,悲叹不已,常在替你惋惜。你既然有了这样的心事,为什么一直闷在肚里,不告诉我呢?倘告诉了我,我也可奔走斡旋,使双方谅解。但时至今日,悔之晚矣!"他不胜悲戚,恨不得教时光倒流。柏木说道:"我病势略见好转之时,原想和你谈谈。但我自己万万想不到病势会如此迅速恶化,迁延至今,实在太糊涂了。你切不可将此事告诉别人!如有适当机会,务请善为说辞,向六条院大人辩解。一条院那位公主,亦请随时照拂。朱雀院闻我死去,必然替公主伤心,全靠你善为劝慰了。"柏木还有许多话想说,然而身心已经十分疲乏,难以支持,只得向夕雾挥一挥手,说道:"请你回去吧!"祈祷僧等便走进来作法,母夫人和父大臣也进来了,众侍女奔走喧嚣,夕雾只得啼啼哭哭地出去了。①

---

① [日]紫式部:《源氏物语》丰子恺译,北京:人民文学出版社,2014年,第646—647页。

柏木3

到了三月里，天色晴朗，小公子薰君诞生已五十天，要举行庆祝仪式了。这小公子长得粉妆玉琢，娇美可爱，而且非常肥硕，好像不止五十天似的，那小口儿已想牙牙学语了。源氏来到三公主房中，说道："你心情快适了吗？唉！你这模样真教人看了失望啊！如果你同从前一样打扮，我看见你恢复了健康，多么欢喜啊！你舍弃了我而出家，使我很伤心呢！"他淌着眼泪诉说苦情。他每天来看望一次，对三公主的关怀反比从前殷勤了。

五十日诞辰，例行献饼仪式。但母夫人已经改了尼装，这仪式应该如何办法呢？众侍女正在踌躇不决，源氏来了。他说："这又何妨呢！倘是个女孩，则当尼姑的母亲来参与庆典，嫌不吉利；男孩有什么呢！"便在南面设一小小座位，给小公子坐了，向他献饼。乳母打扮得花枝招展，奉献的礼品种类繁多，盛饼饵的笼子、盛食品的盒子，装潢都极美观，帘内帘外都摆满。众人不知道内情，兴致十足地布置着。源氏看了只觉得伤心，又甚可耻。

三公主也起来了。她的头发末端很密，扩展在两旁。她觉得不舒服，用手从额上掠开去。此时源氏撩起帷屏，走进来了。三公主怕难为情，转向一旁。她的身子比产前更加瘦小了。那头发因为可惜，那天落发时留得很长，所以后面是否剪落，不大看得清楚。她穿着一件袖口上和裙上层层重叠的淡墨色衬衣，外加一件带黄的淡红色衫子。她这尼装还不曾穿惯。从侧面望去，这样打扮也很美观，像个孩子模样，玲珑可爱。源氏说道："唉，我真难过啊！淡墨色到底不好，教人看了觉得眼前黑暗。我曾安慰自己：你虽然做了尼姑，我还可常常见你。然而眼泪始终淌个不住，实甚可厌。我今被你舍弃，然世人认为罪归于我，这也使我痛心万分，苦恨无限！可惜不能回复从前旧状了。"他叹息一声，又说："倘你说现已出家为尼，故欲与我离居，这便是你真心厌弃我，使我觉得可耻可悲。还望你怜爱我些。"三公主答道："我闻出家之人，不懂得世俗怜爱。何况我本来不懂，教我如何奉答呢？"源氏说："那就无可奈何了。但你也有懂得的时候吧！"他只说了这两句话，便去看小公子。

几个乳母都是出身高贵、容姿秀美的人，一齐在照管小公子。源氏召唤她们前来，叮嘱她们应该如何照管。他说："唉！我已余命无多。这晚生儿定然会长大成人吧。"便抱了他。但见小公子无思无虑地笑着,长得又胖又白,相貌极美。源氏隐约回忆夕雾幼时模样,觉得相貌和他不像。明石女御所生皇子,出于皇家血统,气品自是高贵,但并不特别清秀。这个薰君的相貌,却是高贵而又艳丽,目光清炯,常带笑容。源氏觉得非常可爱。但恐是心有成见之故吧,觉得他非常肖似柏木。现在还只初生,目光已经稳定,神色迥异常人,真乃十全十美的相貌。三公主没有分明看出他肖似柏木,别人更是全不注意,只有源氏一人在心中慨叹:"可怜啊!柏木的命运何其悲惨啊!"由此推想人世无常之恸,不知不觉地满下泪来。但念今日应该忌避不祥,便揩揩眼泪,吟诵白居易"五十八翁方有后,静思堪喜亦堪嗟"之诗。源氏比五十八还少十岁,然而心情上已有迟暮之感,不胜悲伤。他很想教训这小公子:"慎勿顽愚似汝爷!"他想:"侍女之中定有知道此事内情之人,她们还以为我不知道,把我看作白痴呢。"心中便觉不快。但他又想:"我被看作白痴,咎由自取。我和公主两方比较起来,公主受人奚落更是难受呢。"心中虽如此想,脸上并不表露。小公子天真烂漫地嬉笑,牙牙学语,那眼梢口角异常美丽。不知内情的人也许不会注意,但在源氏看来毕竟非常肖似柏木。他想:"柏木的双亲定在悲叹他没有儿子吧。岂知他有这个无人知道的罪恶儿子隐藏在这里,无法教祖父母知道呢。这个气度高傲而思虑圆熟的人,由于自心一念之差而毁灭了他的身体!"他觉得柏木很可怜,便消除了对他憎恨之心,为他流下同情之泪。

众侍女退去之后,源氏走近三公主身边,对她说道:"你看了这孩子作何感想?难道你定要抛弃这可爱的人儿而出家么?哎呀,好忍心啊!"突然如此诘问,羞得三公主红晕满颊。源氏低声吟道:

"岩下青松谁种植?

若逢人问答何言?

真痛心啊!"三公主置之不答,把身子俯伏下来。源氏以为这不答也难怪,不再穷诘。他推测:"她此时不知作何感想。虽然不是富有情感的人,但总不能漠然无动于衷吧。"便觉此人十分可怜。①

秋山光和在研究《平安源氏绘卷》的场景选择时提出:"《平安源氏绘

---

① [日]紫式部:《源氏物语》丰子恺译,北京:人民文学出版社,2014年,第648—650页。

卷》中的'柏木'1、2、3,'铃虫'1、2以及'御法'这6幅画面与'横笛''夕雾'这两个画面所组成的8个画面可以归为一个整体系列中的两个小组,其结构具有二重性,其中'柏木'1、2、3,'铃虫'1、2集中表现了原著中的主要故事线,而'横笛'与'夕雾'则类似'幕间狂言'似的中场余兴节目。"①这种"二重结构"有些类似于佛经中的"插话"与"纲要"叙事,显然来自《源氏物语》这部作品本身的文本结构,因而需要绘卷的策划人对整部作品有着系统的阅读和深厚的理解。以上7个事件中,画师选择最后进行绘画化的场景集中表现了紫姬—源氏—三公主—柏木四者之间的纠葛,但却不算是推进情节发展的事件。在"柏木"卷中,源氏已然到达家庭与事业的巅峰,但就在他迎娶朱雀院(源氏之兄,太上皇)的小女儿三公主后,紫姬日渐忧愁,故事逐渐迎来了最后的悲剧性结局。

通过对比我们不难发现,被绘画化的场景是仍旧以"对坐"为中心的场景,相比其他几个事件,这三个场景是"柏木"卷中人物心理矛盾最集中体现的对坐场景,可以说,每个场景都堪比"修罗场",但这种缺乏人物行为活动变化的场景在绘画化过程中极容易程式化从而缺乏表现力。《平安源氏绘卷》的精彩之处就在于通过构图、线条、色彩对比等画面形式因素把本来千篇一律的室内对坐场景营造

图3.22 线稿临摹自《平安源氏绘卷》,21.8cm×48.3cm,纸本设色,12世纪,德川美术馆藏

出符合故事场景的氛围感与心理空间,令观众能够融入画面中的人物,体会人物的内心感受。比如图3.22"柏木1"中朱雀院对自己女儿所托

---

① [日]秋山光和:《平安時代世俗画の研究》,東京:吉川弘文館,1964年,第268页。

非人的怨恨,源氏对三公主出轨的有苦不能言,以及三公主自身的羞愧难言,这些心理活动在词书中有部分描述,人物内心的纠结、烦乱与愁苦通过画面的斜线不稳定构图以及色彩的烘托得到最大化表现。整个画面以一种俯视视角构图,通过榻榻米的轮廓和四面各自不同朝向的几帐把画面分割成多个不规则四边形。源氏、三公主、朱雀院在画面左侧形成一个三角对峙的区域,构成一个象征着僧侣朱雀院和将要出家的三公主脱离世俗的领域,而侍女们所在的右侧区域则象征着依旧喧哗的俗世。虽是对坐,但由于内心的纠葛,两个男性人物都作掩面拭泪状,三公主则直接把头埋进衣袖中,似乎都没有勇气直面对方。

"柏木2"的场景中,词书摘录了柏木大段独白,其中透露的隐情甚多,但作为听众的夕雾却是对此云里雾里,一边为好友生命的消逝感到惋惜,一边又按捺不住心中对秘密的窥探欲。

图3.23 线稿临摹自《平安源氏绘卷》,21.9cm×48.4cm,纸本设色,12世纪,德川美术馆藏

这一段的词书直接从柏木对夕雾的大段对话开始,不熟悉原著的观者可能会遗漏一些故事情节。但只要联系"柏木1"的场景则大约能猜测此处还是紧扣三公主与柏木之间隐秘的纠葛。图3.23中,画面中央3根柱子框定了柏木与夕雾所在的中心区域,以灰、白、绿的冷色调为主,左侧的几帐后是五个侍女,充满了红黄色彩鲜艳的服饰。右侧山水屏风围拢的区域露出矮几的一角,暗示了祈祷僧的存在。柏木身上披着樱花纹样的锦被,寝台上垂下的帘子也是樱花纹样,似乎他还沉浸在初见三公主时樱花纷飞的时空中。

"柏木3"是《源氏物语》中最具有讽刺性的一个场景:已步入中年的

图3.24 线稿临摹自《平安源氏绘卷》，21.9cm×48.1cm，纸本设色，12世纪，德川美术馆藏

源氏抱着妻子三公主与柏木的私生子感叹自己年轻时犯下的罪孽终于招来了报应。他心中不禁怀疑知晓内情的侍女是否正在暗自嘲笑他，但同时又为孩子的可爱与其生父柏木的盛年早逝而感到哀叹。种种复杂的情绪交汇在一起令源氏不禁落泪。"柏木3"（图3.24）这一场景的构图透露出一种摇摇欲坠的危机感，画面以隔帘斜线区分，几乎五分之三的部分都被隔帘与檐廊占据，源氏在画面左上角，身子朝左边倾斜，与斜向右侧的檐廊勉强构成左右的平衡。他手中抱着褓褓中的薰，身子几乎要超出画面的边缘。左上角露出的裙摆则暗示了三公主的存在。左下角衣着艳丽的两位乳母手中都持有一把桧扇，似乎为了适时遮掩表情，毕竟对于知情人来说，这样的场面实在是太尴尬了。

纵观后世的"源氏绘"可以发现，《平安源氏绘卷》的"柏木"卷中被图像化的场景是独一无二的。关于"柏木"卷的场景选择，始终令人疑惑的还有对柏木这位故事中"将死之人"的描绘，因为与"死亡"相关的画面在后世的"源氏绘"中基本上都是被回避的。这也导致不少学者对于这部绘卷制作背景的一再探究。目前比较主流的一种解读认为：《平安源氏绘卷》的制作很有可能是在元永二年（1119）由白河上皇与中宫璋子共同定制的，其中的"柏木之死"暗示了当时被降为臣籍的辅仁亲王的病故，而其子有仁亲王因为显仁亲王的诞生又再度被降为臣籍，赐姓源氏。①

横长的绘卷是"源氏绘"最初诞生时的绘画承载形式。但需注意的

① ［日］三谷邦明、三田村雅子：《源氏物語絵巻の謎を読み解く》，東京：角川書店，1998年。

是,同样是绘卷,早期较短的段落式构成(《平安源氏物语绘卷》每段一般为38厘米或48厘米)与后期相对连续性的长段落绘画构图(《幻之源氏绘卷》137厘米的段落构图)所带来的视觉效果是很不相同的。后者从右至左的展开与收拢,类似电影一般的时间流动感是这种形式的图像叙事最大的特点。《平安源氏物语绘卷》更偏重于通过场景的布置、色彩的搭配渲染整体的情绪氛围,其视觉造型的体验要大于事件的描绘;《幻之源氏绘卷》则是通过连续的场景或相同场景的视角变化来表现故事进程,虽然其中对建筑的细节和室内陈设等的描绘也非常细致,但焦点还是在场景中活动的人物,叙事感更强烈。

《幻之源氏绘卷》是江户时代制作的,参与创作者包括抄写词书的九条家贵族以及京都狩野派的主要画师,比如狩野山乐以及其弟子狩野山雪等,也包括一些画坊成员,制作年代跨度较长,约为1647年至1660年,是一部规模十分巨大的作品,据推测,总数量不下200卷。现存部分有日本国内个人藏6段“葵”卷,“帚木”卷(斯宾塞财团藏本1段),“末摘花”卷(“石山寺本”为上卷,包括摘抄原文的词书20段和绘画18段,斯宾塞财团藏本为中、下卷),“贤木”卷(Burke财团藏本2段,比利时藏本2段)。据收藏者所述,“贤木”卷最初的规模是6卷共31段,现存的4个断简部分仅仅是其中很小的一部分,此绘卷是图画与词书相间的构成形式。稻本万里子比较几个断简的画风发现Burke本较接近狩野派画风,其余断简则略有土佐派风格,因而这部超大型绘卷的绘制应该是多个流派的数位画师合作完成的。[①]比利时藏本是从属于“贤木”卷的两个场景,分别为藤壶妃子出家的场景和押韵游戏的场景,这是在其他“源氏绘”上没有出现过的场景,与以往最常见到的“源氏去野宫探访即将随斋

---

① [日]稻本万里子:《バーク财团藏《源氏物语绘卷》贤木卷断简について》,选自[日]小嶋菜温子、小峯和明、渡辺宪司编:《源氏物语と江户文化——可视化される雅俗》,东京:森話社,2008年,第43页。

宫去往伊势的六条妃子"的场景选择有很大区别。

观看绘卷时，一般是展开与人肩膀同宽的50厘米左右，对于段落式构图的《平安源氏绘卷》，这样的长度已经可以观看整个段落，而"幻之绘卷"这类画面的长度超过130厘米的连续性构图作品，一般就不会完全展开一个画面，总是左手展开右手收拢的形式。随着画卷从右至左地展开，画中人物依次呈现在观众视线中，层层推进画面的中心人物，最后再逐步收尾。观者的视线跟着画面右至左地移动，掠过庭中花木、怪石湖水、从檐廊最外围低等官员到里层的主要人物，穿过一扇扇画着水墨风景的纸隔扇，仿佛也进入了画中那个平安王朝的世界。这两段绘画所选的场景在"贤木"卷中都不算是中心事件，但作者的目的似乎更倾向于通过这些非中心事件的描绘还原《源氏物语》的世界，给观众强烈的临场感。

结合以上两部经典绘卷的分析以及前文中对于《天理本源氏绘卷》的分析，我们可以小结一下绘卷构建场景时空的手法。首先，通过"吹拔屋台""俯瞰视角"等构图方式实现不同室内空间的整体可视性与视角的可移动性，从而在同一画面中清晰展示时间上先后发生或同时进行的场景，实现"异时同图"和"异地同时"。第二，通过色彩、构图等绘画形式语言，对人物情绪及场景氛围进行渲染，使观者把自身代入本来较为程式化的人物形象中进行"沉浸式"的鉴赏。第三，长画幅的绘卷以移动视角营造整体的故事空间，并以精细逼真的描绘力图重现平安王朝贵族的精致生活。

（二）图像笔记：体悟式临摹与再创作

当我们描述一件印象深刻的事情时，往往会先回忆起当时的场景，再通过组织语言去描述这一事件。托恩·维尔德斯写道："那些戏剧化的情况的图形比同一事件的文本具有更大的效果。也许这是因为我们自己的文本也是根据记忆中的图像创造出来的。"①接下来要讨论的这一类白描小绘卷是一种特殊的抄本,不但抄了文字也抄了图像,但在抄写的过程中时常带入个人的理解,是一种图像、文本与个人感悟的综合体。

白描绘卷在"源氏绘"中所占比例并不大,主要流行于镰仓时代及室町时代。白描绘卷尤其是小型白描绘卷的作者大多是贵族业余画家,甚至有可能完全是绘画的外行,因此白描绘卷带有强烈的个人色彩,画面场景描绘有时完全依照模本,有时候又完全跳脱出以往任何一部"源氏绘"的图式。《源氏物语》"萤"卷中写道:"今年的梅雨比往年更多,连日不肯放晴,六条院内诸女眷寂寞无聊,每日晨夕赏玩图画故事。明石姬擅长此道,自己画了许多,送到紫姬那里来给小女公子玩赏。玉鬘生长乡里,见闻不广,看了更加觉得稀罕,一天到晚忙着阅读及描绘。"②从这段文字中可见,阅读绘物语以及抄写、临摹甚至创作绘物语是平安时代贵族女性的一项重要日常消遣。女君们在鉴赏绘物语时便是从画面开始,伴随着娓娓道来的故事朗读,由一个绘画场景展开故事的想象。在阅读完成之后,女君们还会亲自进行抄写与临摹,从而加深阅读体验,甚至开始以自己的理解进行图画的再创作,于是就有了前文所述的白描小绘卷类型的私人作品。在江户时代印刷版的《源氏物语》出现之前,手抄本一直是物语文本得以传播的唯一形式。白描小绘卷则是抄本传播系统中衍生出来的图像、文字综合体,带有抄写者强烈的个人风格与个人体悟,作者总是在"抄写"的过程中对文本进行改动,这里的文本不仅是指文字的部分,同时包括了图像的部分。

伊东祐子认为:"在平安到镰仓时代绘物语的受众主要是贵族阶层年幼的女君以及比较有学识的侍女,她们通过对绘物语的抄写实现对物

---

① [荷]托恩·维尔德斯:《视觉语言结构》,选自孟建等编:《图像时代:视觉文化传播的理论诠释》,上海:复旦大学出版社,2005年,第15页。

② [日]紫式部:《源氏物语》,丰子恺译,北京:人民文学出版社,2014年,第434—435页。

语文本的占有或是赠予他人,带有很强的私人性质。但室町时代之后,贵族阶层的女性读的是物语原文,而绘物语的受众反而成了新兴阶层中文化水平较低的女性。"①绘物语的受众随着时代发生了变化,"抄写"的行为也不再是女性鉴赏绘本的主要途径。

镰仓时代歌合绘②盛行,诞生了很多著名的歌合绘卷,如《不同时代歌合绘卷》等,经常把《万叶集》《古今集》《拾遗集》等较早和歌集与《后拾遗集》《新古今集》等较晚近的和歌集中出现的歌人与和歌作品以左右对坐的形式描绘出来,形成一种跨越时空的对歌形式。约翰·韦柏收藏会(John C. Weber Collection)所藏《白描源氏歌合绘卷》是"源氏绘"中存世三件白描小绘卷中的一件,作者从《源氏物语》中选择了54组人物,描绘成两两对坐的形式,并摘抄了他们各自在文中吟咏的3首和歌。

《白描歌合绘卷》中两两对坐的人物有许多是在物语原文中并没有交集的人物,比如同为源氏的子女并且是皇族成员的冷泉帝与明石中宫等。又如其中一段对坐男女分别为朱雀院(源氏的兄长,桐壶帝之后继任天皇)和大宫(源氏正妻葵姬与头中将的母亲),在物语中两人并没有交集,在这小绘卷中却被安排到一起,产生了他们超越文本的对话。《白描歌合绘卷》的图像来源于《源氏物语》文本,却又脱离了原本物语的时空构造,是一种私人化的对文学的理解与再创作,也可以说是一种图像评点文学的方式。这部白描绘卷是按假名顺序排列的,这一特点很可能是因为其面向的读者以女性为主,而通晓汉字的女性毕竟是少数。哈佛大学教授M·麦考米克(Melissa Mccormick)认为:"登场人物的排列方式是基于《源氏物语》的阅读经验和知识进行的组合,也是(绘卷作者)向

---

① [日]伊东祐子:《物语文学史再考》,《中古文学》,第64卷,1999年,第1—10页。
② 歌合绘是对歌活动衍生出来的描绘歌人形象以及歌意的绘画形式。

读者推荐(自身)的一种读解。"①

　　另一部由现存于纽约公共图书馆藏的、隶属于斯宾塞基金(Spencer Foundation)收藏的白描小绘卷又是另外一种类型的作品。这部白描小绘卷高9.8厘米,制作于天文二十三年(1554),一共6卷,词书与画面相间,画风质朴,应该出自非专业画家之手。第一卷的卷头有细笔题字"近衛関白稙家卿息女慶福院玉栄筆繪とも"(近卫关白家之女庆福院玉荣绘)。历史上的花屋玉荣(约1526—1602)是一位很有名的女性《源氏物语》学者,她曾经著有《源氏物语》的注释书《花屋抄》(1594)、《玉荣集》(1602),一直把女性读者设定为自己的目标人群,因而她的著作都用平假名书写,并且她对《源氏物语》的注释省略了许多男性学者所偏重的汉文、梵文知识,以更容易理解的方式注解《源氏物语》,主要服务于当时的女性读者群。

　　这部绘卷选取了54卷中除了"红梅"的所有卷章,基本上每卷1图,"宿木"和"手习"两卷每卷各两幅图,共55幅图。词书大部分是从《源氏物语》中抽出的和歌,尤其是与54卷的卷名相关的和歌,或者把这些和歌在物语中创作的场景写成词书的形式。图画人物都标有榜书,写明人物姓名甚至添加官位等说明。与之相应,这部小绘卷的场景选择也是与以往的"源氏绘"不大相同,大部分选择的是主人公对坐咏歌的室内场景,或者读信(和歌)、写信(和歌)的场景。

　　但较为复杂的是,其中也出现了一些场景是明显"图不对文"的,如"野分"画的是传统"源氏绘"的场景,夕雾在台风来临之际窥视源氏与紫姬在室内谈话,但这一段的词书抄写的却是夕雾给云居雁的和歌。再举

---

① [美]Melissa Mccormick:《写本文化と創造的な転写》,选自[日]佐野みどり编:《源氏絵集成(研究編)》,東京:芸華書院,2011年,第99页。

一个例子,如图3.25是描绘"若紫"卷的场景,图中一位年长女性(榜书紫儿的外祖母)坐在几帐边,她正伸手抚摸中间那位小女孩(榜书紫儿)的头发,左下角露出一个侍女的背面,左上角是一位僧人(榜书紫儿乳母的僧都)。源氏公子正在左侧柴垣外窥探。这个画面对应的《源氏物语》原文本中所引部分(丰子恺译《源氏物语》第84—85页)。

图3.25 线稿临摹自《源氏物语白描绘卷·若紫》,花屋玉荣(传),纸本白描,9.8cm×637.6cm,1554年,纽约公共图书馆藏

上图词书的翻译如下:

但见紫儿的发丝自然地垂覆前额,乌黑光亮。

尼君吟道:"剧怜细草生难保,葭露将消未忍消。"

少纳言乳母答曰:"嫩草青青犹未长,珍珠葭露岂能消?"

榜书:紫儿外祖母,紫儿,紫儿乳母的僧都①。

比较词书和物语原文我们不难发现,词书是针对对歌场景的简单文字说明,几乎很难看出前后情节的发展,主要描写的就是对歌发生的情景。但这里对歌的两位人物为紫儿的外祖母(尼君)与少纳言乳母,榜书

---

① 日语翻刻原文为:わかむらさき うつふしたるにこほれかかれたるかみつやつやとめてたう見ゆ 紫の上の御うは おいたたんありかもしらぬ若草を をくらす露そきえん空なき 又いたるおなけにとうちきて 少納言のめのと はつ草のおひ行ゑもしらぬまに いかてかつゆのきえんとすらん

むらさきの上の御うは 紫の上 紫の上のおちの僧都

却没有标出少纳言乳母,在图画中也只给了半个背影的描绘,反而标注了与对歌活动无关的僧都。僧都的出现是这一段中衔接上下文的关键人物。与词书相比,图像更贴近《源氏物语》原文对这一段情节的描绘。这里的图像虽然不是"若紫"卷中最常见的图样,但类似的图样我们还是可以看到一些例子,其所对应的情节,参照《源氏物语绘词》一般应为"源氏向僧都询问紫儿身世",略有不同的是源氏公子在这类画面中是位于室内的,而这幅图却是在柴垣外。这说明这部白描小绘卷的作者在这一段的图像化策略中是带有强烈的个人理解的,更加忠实于原文的描述。在谈到图像与文字作为记忆媒介的不同时,阿斯曼写道:"(文字与图像)这两种媒介的不可比较性是与相互的不可翻译性相联系的,但又带着相互翻译的强烈诉求为特点,它们的生理学机制分别处于处理语言和处理图像的脑半球中。这种双重媒介性和交互媒介性的结构是个人记忆以及文化记忆的复杂性和生产力的重要原因,这两种记忆都不停地在意识和无意识的层面之间穿梭运动。"①白描小绘卷的作者通过对这一对歌场景图像的重新创作实现了图像记忆的纠正,使图像与其对文字文本的理解更加贴合,在这里,图像作为记忆媒介显然是作用大于文字词书的。

片桐弥生在对比了与这部小绘卷同类型的白描和歌绘卷后,发现此类绘卷之间存在着明显的抄写关系,在抄写的过程中又是有一定选择性的,于是就出现了摘抄的词书与图像不对应的情况。她还进一步提出白描小绘卷与室町时代流行的《源氏物语》梗概书之间的密切关系。②通过与其他"源氏绘"的图式对比可以发现,这部作品的图像在一定程度上参考了以往的图式,作者在摘抄和歌的过程中,对于绘画的选择有两种情

---

① [德]阿斯曼:《回忆空间:文化记忆的形式和变迁》,潘璐译,北京:北京大学出版社,2016年,第247页。

② [日]片桐弥生:《スペンサー.コレクション白描源氏物语绘卷の内容と位置付け》,选自[日]佐野みどり编:《源氏绘集成(研究编)》,東京:芸華書院,2011年,第106—115页。

况，一是对应摘抄的和歌或原文重新创作图像，二是参考传统图式。总的来说这部小绘卷的场景选择是具有明显个人特征的、自成系统的，与通常的"源氏绘"的图样有很大差别。从大部分的文图内容来看，它的词书与图像都在一定程度上脱离了《源氏物语》的文本系统，构成了一个以和歌吟咏为线索的咏歌的图像世界。个人抄写的过程不仅仅是文本的复制，也连带着图像的复制，但私人化手抄本的特点又决定了这种抄本独一无二的个性，它很难摆脱抄写者对《源氏物语》的个人解读，类似一种带图像的读书笔记，更确切地说是一种更侧重用图像去表达个人对原作理解的图像笔记。

（三）隐喻与象征："去人物化"图式的诞生

《源氏物语》是一部充满着隐喻的作品，最显著的就是小说中人物的取名方式。如主人公"紫姬"，紫色在日本贵族阶层中向来被认为是高贵的颜色。"紫姬"的"紫"除了来源于"若紫"卷中的和歌，也来自她与光源氏爱恋的继母藤壶妃子之间的姑侄血缘关系，而"藤壶"所带有的藤花意象即是满目紫色。又如"夕颜"卷中的女主人公即名为夕颜，她的暴死似乎已经隐含在"夕颜"的意象中。夕颜是一种开在矮墙边的花期短暂的葫芦花，夏天的傍晚开花，第二天太阳升起时凋谢，给人一种红颜易逝的预兆。此类人物的命名在《源氏物语》中比比皆是，这些充满文学隐喻的形象在《源氏物语》的图像创作中也成为重要的图像母题，成为许多"源氏绘"中传达作者意图的关键性构图要素，也为江户时代"去人物化"图式的出现与流行打下了基础。

在江户时代，日本绘画中体现出强烈的物质性追求。这种物质性追求在中国明代的博古图中也有体现，但是和宋明博古图对古物的理性考证与描绘相比，江户时代的器物画则体现出强烈的"物恋"情结，不仅仅是其格外逼真的质感描绘，同时还带有一种对器物的珍视或是对器物主人的情感。比如图3.26被称为"谁之袖"的图样便是这种带有情感的器物画代表,除了衣架上的和服,有时还会描绘衣物主人常用的器物,通过这些器物与衣物的纹样,观者仿佛就能在心中大致描绘出物品主人的性格与姿容。这类绘画的构思都可以归为"留守纹样"类型,而这其中有许多就是《源氏物语》主题

图3.26 《谁之袖》,26.7cmX37.5cm,套色版画,江户时代晚期,京都国立博物馆藏

的作品。"留守"是日语词,意为"不在场",这里主要指的是"人物的不在场",因而这类"源氏绘"基本上只描绘提示物语情节或卷名的物件、动物、植物或季节。通过这些"物"的暗示,观者可以联想到物语中相关的情节与人物,回味物语的情境,类似于一种图像的"提要",以一种非常委婉的方式唤起。

以下我们就来分析"源氏绘"中早期的"去人物化"屏风图像,是如何以人物的"不在场"来述说故事的:

九月十日才过,野山秋色正浓,即使非多愁善感者亦不能不为之感动。不堪山风的众树顶梢与山峰上的葛叶争相飘零之间,尊贵的诵经声微闻。但听得念佛之声,却无甚人的动静,秋风过处,见鹿群伫立于围篱边,田里的响板声似乎也惊吓不到它们,径自在那金黄色的稻田间呦呦而鸣,这景象真个诱人伤感啊。山泉流声似有意助人动容,更加繁扰地响彻四周。只有草间的虫音微弱,似有若无地鸣叫着。枯草之下,龙胆草唯我独尊地蔓生,那饱含露珠的风情虽云季节使然,每年晚秋总归如此,此时此地,竟别有一种令人难耐的悲伤气氛。他靠在那片妻户①静静眺望,

---

① 日语词,旁门,角门;屋角上两面开的板门。

身上穿着服帖的直衣,暗红色的衣裳看得出那精致透明的捣光。薄暮的夕阳无心地照射过来,令人备觉耀眼,遂以扇遮日。那手势优美如同女性一般;但是女性则恐怕又不可能有这一副风采。侍女们皆看得如痴如醉。①

　　图3.27描绘的场景是"夕雾"卷中夕雾公子拜访住在小野山庄的柏木卫门督的遗孀落叶公主。传统"源氏绘"对此场景一般是以"一位手持扇子的男子站在檐廊前等待,背景是有鹿和夕阳的山野风景"这样一种基本构图进行描绘的。但这件屏风却完全跳出了这一传统构图,整个画面中不见一人,三头追逐奔跑的小鹿成了画面的中心。画中的景物与摘录的原文部分基本吻合,大片金云后是缓缓落山的夕阳,红叶与松树掩映下的屋舍外空无一人,令人不禁联想夕雾是否已经进入屋内探望心上人。在这里,对景

图3.27 《夕雾图屏风》,148.2cm×344.2cm,纸本金地设色,17世纪,九州国立博物馆藏

物细致入微的描绘是为了最大程度唤起观者对故事世界的回忆,营造一种逼真的"氛围感"。

　　与上图相似的"留守纹样"式的"源氏绘"在江户时代晚期还有很多。但相比《夕雾图屏风》,晚期的这些留守式样的作品一般都是小型的册页或绘本类作品,构图比较简单,并不企图仔细还原物语的情境,因而这些画面上的形象大多是一种直接的提示。如图3.28这幅作品,画面上部五分之二被云雾遮挡,右上角方形区域本应该书写卷名,但这里有意留空白,可见其目的就是让观者猜卷名。檐廊下露出房间的一角,上面摆

---

① [日]紫式部:《源氏物语三》,林文月译,南京:译林出版社,2011年,第194页。

着一个围棋桌,几颗棋子掉落在地,强调了有人曾经对坐弈棋,弈棋场景在《源氏物语》中有三处非常典型,一是"空蝉"卷中空蝉与轩端获的弈棋,还有"竹河"卷大君与中君的弈棋以及"宿木"卷中皇帝与薰君的弈棋。作者为了区分这三个场景,又在左侧树干上画了一只蝉,给出了进一步提示。这两个提示相加答案就非常明确了,而相比之下《夕雾图屏风》中却没有给出特别显而易见的提示,必须非常熟悉《源氏物语》原文的细节描写才能辨别出图像的归属。这里也从一个侧面反映出,《夕雾图屏风》的受众与图3.28这件小绘帖的受众对于《源氏物语》的熟悉程度与读解能力是相差很大的。

"留守纹样"式的"源氏绘"通过《绘本草源氏》(图3.29)等印刷书籍不断扩大影响力,在一定程度上消解了《源氏物语》原文的情节性,而把物语中的典故作为一种知识性的教养,通过图像这种直接的形式向更广泛的阶层散

图3.28 《源氏物语绘本·空蝉》,27.2cm×24.2cm,纸本设色,江户时代晚期,早稻田大学图书馆藏

图3.29 《绘本草源氏·葵》,26.0cm×18.3cm,柏原屋清右卫门1718年出版,早稻田大学图书馆藏

图3.30 《彩绘红叶贺图茶碗》仁清款,17世纪,东京国立博物馆藏

播。许多纹样主题,如乐器、棋盘、梅枝、菊花、牛车等,进一步摆脱《源氏物语》54卷的图像,作为一种独立的带有《源氏物语》意象的纹样出现在江户时代的工艺品、服装上。(如图3.30)

通过以上几个小章节的探讨,我们比较了不同类型的"源氏绘"与文字文本(词书或原文)的语图关系,从中发现了"源氏绘"的图像与词书间相互补足的关系,也从图像叙事自身的逻辑出发探讨了图像的媒介特性对叙事的影响。《源氏物语》的图像化从历代演变的角度来看,首先是以模仿文字文本开始的,但在复杂的历史进程中,图像也逐渐形成了一套自身独特的叙事手法,从而达到图像独有的且文字叙述无法获得的效果。这种效果从根本上来说还是要归根于图像与文字两种不同符号系统各自的特殊属性。只要有原文本的"在场",图像即使在符号的能指层面上远离了原著或隐藏了叙事性的因素,终究还是能被观者拉回原著的故事世界,重新建立与原著的符号关系。在重建符号关系的过程中,图像带给观者的多种可能性也正是图像叙事的魅力所在。

结　语

　　从总体上看,《源氏物语》的文本与图像在漫长的历史进程中是逐渐走向分离的。文学图像在诞生之初必然与原著密不可分,甚至可以说是依附于文字文本的叙事媒介,但是在一次次以图像重现文学经典的过程中,图像媒介自身的叙事逻辑也在逐步发挥着改造作用,最终带来了图像自身构建的、区别于文字文本的"源氏物语"。而另一方面,即使是现当代最先锋的《源氏物语》图像改编作品也不可能完全脱离文学原著,这是由文学图像的生产机制所决定的本质特征。

　　在日本文学史与美术史的范围内,《源氏物语》的文本与图像各自有着清晰的发展脉络,但涉及"图像叙事的变迁及原因"这一问题就势必要结合文本与图像两个方面的具体情况。以时代先后为脉络梳理整个《源氏物语》图像变迁史可能是比较常见的梳理方式,但这样也许并不容易从艺术形式本体上探讨《源氏物语》图像叙事变迁背后的原因。因此,笔者尝试以图像的样式及叙事特点的变迁为线索,梳理从平安时代到当代的《源氏物语》图像,并从每个时期与《源氏物语》及与其图像相关的接受活动来分析产生这种变迁的具体原因。在研究过程中逐渐发现,对于江户时代以前的传统"源氏绘",其绘画的样式对其叙事模式有着决定性的作用,每一种绘画样式都有自己独特的叙事模式。而在日本美术史中,诸如绘卷、屏风、册页等样式都有其最鼎盛的时期,这样一来,以样式为线索的同时也能兼顾社会历史背景,两者能够得到最大程度的契合。

"源氏绘"的绘画样式之所以能够对图像叙事模式起到明确的制约效果，究其根本，还是由于图像与原著文本间的互动关系。因为"源氏绘"中某一种绘画样式的兴起与《源氏物语》的阅读方式的变化息息相关，一种绘画样式往往对应着某种阅读与品鉴方式，图像的叙事效果又反过来影响文学作品的解读，二者之间不断相互作用。由于对《源氏物语》这部作品的不同认知而引发的接受方式有两种极为不同的走向：一种是把《源氏物语》作为"皇权"或者"王朝文化"的象征来膜拜，而《源氏物语》的阅读与"源氏绘"的制作、欣赏都是这种膜拜行为的延伸，这种接受模式带来了大量奢华的、具有纪念意义的大型装饰性屏风及工艺品的制作；另一种是文学性的阅读，即对《源氏物语》这部小说进行娱乐性阅读与考证型研究，也包括把《源氏物语》作为研习和歌的重要经典，文学性的阅读对应叙事性更强的绘卷或具有图解效果的册页、插图等类型的"源氏绘"。"源氏绘"中最典型的样式是横长形式的绘卷和作为空间装饰构建的屏风与隔扇画，前者代表了平安时代大和绘的段落式抒情叙事风格，而后者则是以空间叙事解构文学叙事的典型。

"绘画样式对叙事模式的强大约束"与日本中古时期美术品严格的"定制"制作流程和画师因袭流派传统也有很大关联，因而主要的绘画样式就成了梳理这一阶段"源氏绘"的关键词。受到印刷技术的影响，江户时代以后的浮世绘和工艺美术中的"源氏"图像增殖迅速，种类繁多。不论是图像种类还是文字文本的物质存在形态都呈现百花齐放的局面，图像制作方式也不再拘泥于"定制"和流派传统。绘画样式已经不是这一时期能够决定图像叙事模式的主要因素，图像创作的主导因素更多倾向于艺术家的主观因素以及各阶层受众的喜好。到了现当代，消费文化主导了读图时代《源氏物语》图像的几种主要内容倾向，但图像创作者的思路在无形中还是受到了上层意识形态的宏观调控与引导。

正是有了对整个《源氏物语》图像梳理的基础，第三章的语图互文关系的分析才能在宏观上进行把握。通过对现有的《源氏物语》54卷图像的综合整理，笔者选取了其中比较典型、图像脉络比较完整且还未有图文互文关系综合研究的"若紫"卷进行研究。首先，笔者论述了《源氏物语》的文图转换内动力源于这部文学作品"以对坐场景为中心"的叙事框架结构，通过对"若紫"卷的场景分析说明了图像与文字叙事的共同逻辑。通过对"若紫"卷的图像精读与文本精读来进行叙事对比分析，印证了语图互文两种趋势。"若紫"卷经典图像从与原文一一对应到空间扩展再到后来出现"置换中心人物"等诸多矛盾之处就明确体现了从"图像模仿并拓展文字叙事"到"图像叙事重构"的趋势。语图关系的分析还需界定两种不同的图像制作目的，即以小说插图为代表的图解与以画帖为代表的独立图像。在这两种不同制作目的下，图像符号与文字符号在叙事中地位是完全不同的，只有在"独立图像化"的情况下图像才是最主要的叙事媒介。而图解类型的图像中，图像符号始终从属于文字符号，处于一种补足地位。

图像作为一种媒介，有自身的叙事逻辑，它以自身擅长的模式来再现故事，甚至对原著的叙事起了重构的效果。在图像与文字文本互动共生的关系中，图像因其特殊的媒介特点，逐渐生产出不同于文字文本的形象与意义，为"源氏"文化在江户时代的繁荣奠定了视觉基础。根据《源氏物语》图像的特点，笔者从图像叙事的时空模式、形象记忆、象征与隐喻这三个方面进行研究，这几个方面也是图像区别于文字叙事的主要特点。第一，以"源氏绘"中比较典型的绘卷和屏风类作品为例进行具体的视觉分析，主要探讨绘卷类作品的抒情场景时空建构以及屏风类作品的空间叙事对原著的解构；第二，以私人临摹的白描小绘卷为例分析写本时代图像传抄过程中出现的"图不对文"现象，这里的图像是笔记式的，与抄写者对物语故事的理解与记忆相对应；第三，以"去人物化"的"留守"式图像为例，意在说明"源氏绘"图像的"象征性""隐喻性"的叙事话语,"留守"式"源氏绘"是后来江户时代的"源氏"工艺图案的源头。以上几种类型的图像在"源氏"图像中是比较典型的,都在一定程度上体现了图像媒介的特殊性。

文字和图像是人类文明史上两种最重要的符号系统。文字因其符号结构的实指性被认为更加适合表述清晰的、抽象的概念;图像则属于虚指性符号,因这一特征自带隐喻性,适合艺术化的表述。在此笔者要强调的是,虽然在表意的明确性上图像符号相对于文字符号是处于一种"辅助性"符号的地位,但这并不意味着从整体上说图像符号的叙事效果就逊于文字符号,正是这种"虚指性"特征,使图像符号在传达某些抒情性或象征性较强的语境时会产生文字符号所没有的效果。也正是由于两者间符号性质的巨大差异,才有了互相转化的可能性与必要性。在"源氏绘"中有屏风这类图像符号明显处于强势的例子,图像本身的叙事法则凌驾于文字文本之上,打乱了原本的叙事时间与空间,但观者却以此为乐,甚至很多时候图像符号的"虚指性"恰好满足了观者"猜谜"的娱乐心理,在视觉欣赏中解读"复杂性"往往比一目了然更有快感。如果涉及受众,那么图像本身的功用也是图像符号能否充分发挥效果的因素之一。插图类的图像当然是以辅助文字文本为主要目的的,装饰类图像如屏风、隔扇画、工艺品的装饰纹样等则要同时满足观赏效果与叙事效果。

与文字符号相比,图像符号更能够引导受众进入其所营造的视觉"场域"。在"源氏绘"中,绘卷类作品的图像叙事"在场性"分外显著,词书所代表的文字符号与绘画的图像符号以一种前后相接的形式出现,共享同一个文本,图像中的细节可以一一对应原文的描述,并通过建筑空间的视角转变,或者主要人物的异时同图等手法,巧妙地安排故事线的发展,令人产生移步换景之感,仿佛观者自身通过"观看"的行为也进入了故事的时间线中。结合平安时代绘卷的鉴赏方式,这种"在场"往往又是一种图像与语言符号双方共同的"在场"。贵族女性在欣赏绘卷的同时，身边总是会有侍女朗读原文。代表语言的声音符号与图像符号的同时在场，是比留在记忆中的文字符号更加强势的"在场性"言说。

　　在古代日本，《源氏物语》图像的受众总是那些已经熟知物语内容的贵族阶层，在欣赏图像的过程中，不论是阅读词书还是听着侍女的朗读又或者是在脑海中回想物语的内容，文字符号以各种方式"在场"，这使图像叙事即便再"虚指化"也不会逃出物语的框架。另一方面，如今的"源氏绘"欣赏者或者研究者，一旦把图像判定为《源氏物语》图像的范围，就有了一个既定的故事框架，可以在这框架之内一一对应图像叙事的要素。而对于那些毫无《源氏物语》阅读经验的受众而言，则会面临只有图像"在场"的情况，是纯粹的图像叙事，面对"源氏绘"中大量的男女对坐场景，叙事体验将大大降低。不论图像制作目的如何，物理存在的样式如何，都是为了"唤起"原著中的场景，因为图像要达到叙事的最佳效果必然要尽可能唤起语言的"在场"，即使是那些有意回避文字的图像也在诱导着观者去捕捉其中指向原文本的"暗号"，而文学图像尤其如此。

　　综上所述，通过对《源氏物语》系列图像的叙事模式梳理与语图关系研究可以发现，传统"源氏绘"的图像叙事模式变迁与其所处时代的绘画样式有着直接的关系，绘画样式直接决定了某个具体的图像媒介最适当的叙事模式。而绘画样式的变迁又与整个日本社会历史文化的发展密不可分，因而，对"源氏绘"的研究始终要将其置于整个日本美术史甚至是文化史的宏观背景下进行分析，这其中涉及的许多个案研究既是"源氏绘"中的具体事例，往往也反映了某一特定时间段内日本绘画制作的典型情况。另一方面，《源氏物语》文本的变迁与不断衍生以及不同历史阶段对其解读的变化也是图像叙事模式与叙事内容的侧重点发生变化的重要原因。对《源氏物语》图像的研究始终要紧紧围绕图像的历史与文本的历史两条脉络，要尽可能地梳理两条线索各自的逻辑，同时也要找到两者间相互影响的各个交叉点，正是如此，这一领域才会令人感到困难重重却也魅力无穷。

后 记

在日本文学研究领域,《源氏物语》一直是重点研究对象,但很多人都对这一领域望而生畏。一是因为《源氏物语》的原文在日本古典文学中历来是艰涩难读的代表,要求研究者有较高的日本古典文学基础;二是这一领域的学术研究历史悠久,光是古注书的数量就极为庞大,想要建立一个基本的学术基础势必要阅读大量的古代文献,更何况还涉及许多现代学者所著的规模庞大的研究文献。从图像入手进行研究是近几十年来的一个新方向,比起单纯的文本研究,图像研究借助的方法论更加新颖与多样化,研究对象也极为丰富,更容易出创新成果。当然,最大的困难之处就是资料的收集。

本书的内容来自本人博士论文的主体部分,如果要从这一研究开始的时间算起,已经有近5年的时间。2017年秋,我在夏威夷大学访学期间第一次看到和"源氏绘"相关的研究著作及图册,对"源氏绘"产生了浓厚的兴趣,想要进入这一领域的心情可谓迫切。但当我真正开始着手收集图像资料后才发觉图像数量的庞大以及获取的难度。因为"源氏绘"在中国国内还未见有收藏,主要保存在日本本土及欧美各大博物馆,想要一睹真容需要耗费大量的时间与精力。就这样断断续续地收集材料,一直到论文开题之际,实际上对于图像资料的掌握还是令我心虚不已。另一方面,在阅读《源氏物语》艰涩的原文时也一度想过要放弃,本着尽量能够自己阅读一手文献的想法,又开始自学古典日语,一年时间转眼就过,但论文写作并没有什么进展。2019年我有幸申请到国家留学基金委高水平大学联合培养博士生项目,赴早稻田大学美术史系学习。在日本的这段不算很长的日子里,首先,我旁听了早稻田大学日本文学专业的《源氏物语》精读课程,总算对这部作品有了较为规范的、"入门"级的知识储备。另外,我也参加了美术史系的研究生课程,主要跟随成泽胜嗣教授及山本聪美教授学习日本古代绘卷的读解。那段日子每天被以前从没接触过的抄本字体还有汉文训读等弄得头昏脑涨,但学习的经历总归是痛并快乐着的。通过与学习院大学的佐野翠教授及惠泉女子大学的稻本万里子教授等"源氏绘"研究专家的交流,我终于确定了自己的研究框架,也才真正对整个"源氏绘"的图像资料以及学术史有了整体的把握。就要从日本回国之际,正好赶上了"新冠"疫情在全世界范围内的爆发,不得不取消本来期待已久的"源氏绘"作品实地调研,经历重重关卡和集中隔离才回到祖国。也是这场突如其来却延续至今的疫情,导致后期论文资料收集异常困难,大大拖延了我的写作进度,最后写完结论时才发现日本首相都已经换了三位。

"源氏绘"是从《源氏物语》衍生的图像,虽然它的历史将近千年,又几乎包含了日本绘画中的各种样式,参与过"源氏绘"创作的画师更是遍布各个流派与各个历史时期,但它来源于《源氏物语》这一本质特点决定了关于它的研究始终无法完全脱离文学文本而仅仅讨论图像自身。本书就是对《源氏物语》语图关系这一问题的集中探讨,但限于篇幅与精力,可能也只是起到了一个基础性研究的铺垫作用,写作时仅限于对《源氏物语》"若紫"卷进行了语图举例分析。在整个《源氏物语》图文研究中,这仅仅是一小部分,今后还有很多问题值得展开研究。另外,《源氏物语》的当代图像改编以及视觉文化的繁荣与变迁也是本书没有深入探讨的部分。由于当代的改编涉及电视、电影、动画及其他一些多媒体的艺术种类,图像叙事的方式与静态图像又有很大的不同,这也将是我接下来研究的重点内容。

《源氏物语》与我国的《红楼梦》被学界前辈做过多方面的比较研究,

是中日比较文学领域的一大热点。这两部著作衍生的图像,即"红楼画"与"源氏绘"也有很多可比之处。比如孙温绘的《红楼梦》图册与"源氏绘"中的土佐派画册之间的比较,《红楼梦》绣像图像与浮世"源氏绘"中的美人图形象的比较等。而当代影视改编领域涌现出越来越多的作品,更是有许多值得比较与相互借鉴之处。

最初在设定整体研究框架时,我曾经设想通过《源氏物语》的图像叙事研究来一窥日本图像叙事的传统,遗憾的是,这一设想最终没有在本书中得以实现。究其原因,在研究过程中,随着自身对图像材料的不断积累以及对日本美术史的进一步学习和研究,发现这一问题还是相当复杂的。就"源氏绘"的叙事方式来看,始终是与《源氏物语》的抒情性、散文体的小说风格紧密联系着,与其同时代的其他叙事类图像相比有自成一体的倾向,是整个日本图像叙事传统的一个重要方面,但也不能完全代表整个日本图像叙事的传统。这一问题需要综合各种类型的叙事性图像才能进行全面的研究。以上这些都是本书还未涉及但极为有研究意义的部分,希望在今后的研究中继续深入。

在本书稿完成之际,感谢我的导师金健人教授对整个书稿写作的指导与支持,金老师的宽容与耐心给了我在写作过程中屡屡感到沮丧时前进的动力。感谢我的家人在这段时间的包容与后援,尤其是我的先生,不但自己也在博士论文攻坚阶段,还要抽时间帮我绘制插图线稿。在日本学习过程中,感谢成泽胜嗣教授、山本聪美教授、佐野翠教授、稻本万里子教授给予的耐心指导与巨大帮助。新岛翠教授不但在生活上给予我很大的支持,还帮助我修改了研究计划,并在后期出版时帮忙咨询图片版权问题,在此深表感谢。本书的写作与出版还得到许多热心师长与同学的帮助,在此一并感谢!

最后,谨以此书献给在天堂的外祖父。

附表一:《源氏物语》及"源氏绘"相关事件年表

时代	年份	年号	事　件	备　注
平安时代	937年	天延元年	紫式部出生	
	1005年	宽宏二年	紫式部担任彰子皇后女官	
	1008—1009年	宽宏五年	《源氏物语》创作完成并开始传播。	
	1014年	长和三年	紫式部去世。	"源氏绘"的制作在《源氏物语》完成之后就开始了。
	1119年	元永二年	据《长秋记》记载白河院与彰子皇后下令制作源氏物语绘卷。	大约在这个时期(12世纪前半期)"隆能源氏"绘卷(也即《平安源氏绘卷》)诞生。
	1147年	久安三年	大约在这段时期,根据《源氏绘陈状》纪之局、长门之局所画的"源氏绘"卷二十卷制作完成。	
镰仓时代	1224—1225年	元仁元年至二年	《明月记》记载藤原定家整理的《源氏物语》(青表纸本)完成。	
	1231年	宽喜三年	《明月记》记载为了绘制定家·西园寺公经宅邸障子画,从《源氏物语》中抄取了和歌。	
	1233年	天福元年	《明月记》记载为了制作贝壳绘的礼物,绘制10卷本"源氏绘"。	大约这期间(13世纪前半)白描版《浮舟》册页诞生
	1252—1266年	建喜四年至文永三年	《源氏绘陈状》记载镰仓将军宗尊亲王命人制作贴有源氏物语色纸绘的屏风。	
	1326年	嘉历元年	《太平记》记载关白家举行赛画,洞院家取出了"源氏绘"中的"桥姬"卷。	大约14世纪中叶,《天理本源氏物语绘卷》制作完成。

时代	年份	年号	事　件	备　注
室町时代 南北朝	1434年	永享六年	《看闻御记·实隆公记》首次记载为了装饰七夕客厅制作了源氏物语扇面屏风。	
	1435年	永享七年	《看御闻记》记载伏见宫家有2卷"源氏绘"。	
	1438年	永享十年	《看御闻记》记载为天皇制作了2卷"源氏绘"卷。	
	1486年	文明十八年	《十轮院内府记》记载土佐光信访问中院通秀宅邸,谈及《源氏物语》。	这期间(15世纪末)"绘合"册页(天理图书馆)制作完成。16世纪初净土寺藏源氏物语扇面屏风制作完成。
	1554年	天文二十三年	关白近卫稙家的女儿临摹了白描版源氏物语绘卷。	即花屋玉荣作《源氏物语白描绘卷》(纽约公共图书馆藏)。
	1560年	永禄三年	《御汤殿上日记》记载土佐派《车争图屏风》制作完成。	
桃山时代	1574年	天正二年	《上杉年谱·北越军记》载织田信长命狩野永德绘制"源氏绘"屏风赠予上杉谦信。	
	1612年	庆长十七年	久保惣美术馆藏土佐光吉笔源氏物语色纸绘完成(中院通村书写绘词)。	
	1613年	庆长十八年	土佐光吉去世。	这前后不久光吉·长次郎,《源氏物语画帖》完成。(京都国立博物馆)
	1614年	庆长十九年	德川家康举行《源氏物语》讲义,由飞鸟井政庸讲解。	

时代	年份	年号	事　件	备　注
江户时代初期	1619年	元和五年	土佐派《贤木·柏木》册页完成。	
	1622年	元和八年	《竹斋》记载这期间在京都俵屋派的扇面流行；土佐光则《源氏物语画帖》完成（德川美术馆藏）。	
	1623年	元和九年	古活字十一行本《源氏物语》54卷刊行。	
	1630年	宽永七年	俵屋宗达《关屋·澪漂图屏风》完成（静佳堂文库藏）。	
	1642年	宽永十九年	住吉如庆《源氏物语画帖》完成。	
	1654年	承应三年	山本春正《绘入源氏物语》刊行；野野口立圃《十帖源氏》刊行。	
	1657年	明历三年	绘入《源氏小镜》（安田版）三卷刊行。	
	1658年	万治元年	土佐光起《源氏物语画帖》完成。	
	1659年	万治二年	绘入《十二源氏袖镜》（书林堂）刊行。	
	1661年	宽文一年	野野口立圃《幼源氏》五卷刊行。	
	1670年	宽文十年	后水尾法皇在宫中举办《源氏物语》讲义。	
	1673年	延宝一年	北村季吟《湖月抄》六十卷完成。	

时代	年份	年号	事　件	备　注
江户时代初期	1675年	延宝三年	北村季吟《湖月抄》刊行，并献给幕府将军德川家纲。 10月，中远通茂在宫中举行《源氏物语》讲义，参加者有灵元天皇、后水尾法皇、鹰司关白、近卫右大臣基熙等。	
	1674年	延宝二年	住吉具庆《源氏物语绘卷》完成（茶道文化研究所藏）。	
	1676年	延宝四年	净琉璃《江州石山寺源氏供养》刊行。	
	1677年	延宝五年	住吉具庆《源氏物语四季贺绘卷》完成（MOA美术馆藏）。	
	1682年	天和二年	井原西鹤《好色一代男》8卷刊行。	
	1683年	天和三年	《源氏物语绘抄》（永田版《源氏鬓镜》）刊行。	
	1684年	贞享一年	菱川师宣《好色一代男》刊行。	
	1685年	贞享二年	菱川师宣《源氏大和绘鉴（新版源氏绘镜）》2卷刊行。	
	1707年	宝永四年	水月堂梅翁·奥村政信《若草源氏》6卷刊行。	
	1708年	宝永五年	水月堂梅翁·奥村政信《雏鹤源氏》6卷刊行。	
	1709年	宝永六年	水月堂梅翁·奥村政信《红白源氏》6卷刊行。	

时代	年份	年号	事 件	备 注
	1710年	宝永七年	水月堂梅翁·奥村政信《俗解源氏》6卷刊行。	
	1717年	享保二年	宗硕《源氏男女装束抄》刊行。	
	1729年	享保十四年	壶井义知《紫式部日记旁注》2卷刊行。	
	1763年	宝历十三年	本居宣长《紫文要领》(《玉之小栉》初稿)完成。	
	1768年	明和五年	上天秋成《雨月物语》5册完成。	
	1799年	宽正十一年	本居宣长《玉之小栉》9卷刊行。	
	1801年	享和一年		本居宣长去世。
	1829年	文政十二年	柳亭种彦《偐紫田舍源氏》草双纸,歌川国贞作插绘。初编4册刊行。	
	1837年	天保八年	池田英泉《源氏物语绘抄》黑白印刷版,芝神明前(甘泉堂)出版。	
	1842年	天保一三年	柳亭种彦《偐紫田舍源氏》出版被禁(已经出版到38编)。	
	1847年	弘化四年	《其由缘鄙俤》刊行(《偐紫田舍源氏》续编)。	
	1854年	安政一年	荻原广道《源氏物语评释》5册刊行。	
	1872年	明治五年	末松谦澄《英译源氏物语》在伦敦刊行。	
	1979—1993年	昭和五十四年	大和和纪根据《源氏物语》创作连载漫画《源氏物语》。	

注:本表主要根据《すぐわかる源氏物語の絵画》所附"源氏绘"年表以及《読む見る遊ぶ源氏物語の世界》所附《源氏物语》的接受活动年表制成。

附表二："源氏绘"相关画师

（1）土佐派

土佐派	生卒年	主要"源氏绘"作品
土佐光信	？—1522	哈佛大学藏《源氏物语画帖》、出光美术馆藏《源氏物语画帖》(传)。
土佐光元	1530—1569	东京国立博物馆藏《源氏物语画帖》(传)。
土佐光吉	1539—1613	京都国立博物馆藏《源氏物语画帖》、和泉市博物馆藏《源氏物语手鉴》。
土佐光则	1583—1638	东京国立博物馆藏《白描源氏物语色纸贴付屏风》、德川美术馆藏《源氏物语手鉴》、堺市博物馆藏《源氏物语图色纸》(传)。
土佐广通（住吉如庆）	1599—1670	大英图书馆藏《源氏物语画帖》。
土佐光起	1617—1691	东京国立博物馆藏《源氏物语图屏风》。
土佐一得	生卒不详，活跃期为1596—1615	东京国立博物馆藏《源氏物语色纸交贴屏风》。
土佐光成	1647—1710	《源氏物语 若菜下》绘卷。

（2）狩野派

狩野派	生卒年	主要"源氏绘"作品
海北友松（绍益）	1533—1615	出光美术馆藏《扇流屏风》。
狩野永德	1543—1590	据记载曾经为织田信长制作源氏物语屏风赠予上杉谦信。宫内厅三之丸尚藏馆藏《源氏物语屏风》（原为障子画）。
狩野山乐	1559—1635	奉命为丰成秀吉养女出嫁制作"源氏之屋"的壁画，现存《车争屏风》。
狩野光信	1561—1608	大分市历史博物馆藏《源氏物语图》。
狩野宗贞	活跃期为17世纪早期	林原美术馆藏《源氏物语屏风》。
狩野山雪	1590—1651	《幻之源氏物语绘卷》。
狩野探幽（法印）	1602—1674	宫内厅三之丸尚藏馆藏《源氏物语屏风》、出光美术馆藏《贤木•澪标屏风》。
狩野柳雪	1647—1712	《源氏物语图屏风》、大英博物馆藏《源氏物语绘卷》。
狩野养信（玉川，晴川院）	1796—1846	《平安源氏绘卷》摹本；江户城源氏之屋壁画重修，《红叶贺》《初音》障子画。

（3）其他

其他流派	生卒年份	主要"源氏绘"作品
岩佐又兵卫（胜以）	1578—1650	福井县立美术馆藏《和汉故事说话图》、细见美术馆藏《源氏物语 総角图屏风》（传）、出光美术馆藏《源氏物语桐壶·货狄造船图屏风》、福井美术馆藏《金谷屏风》、千代姬《初音调度》漆器图案。
岩佐胜友	生卒年不详	出光美术馆藏《源氏物语图屏风》。
海北有雪	1598—1677	大都会博物馆藏《源氏物语绘卷》（传）。
住吉如庆	1599-1670	早稻田大学藏《源氏物语扇面画帖》。
住吉具庆（法桥）	1631—1705	茶道文化研究所藏《源氏物语绘卷》、MOA美术馆藏《源氏物语四季贺绘卷》。
俵屋宗达（伊年、对青、对青轩）	活跃期 1600—1630	东京国立博物馆藏《关屋屏风》。
尾形光琳（方祝,积翠,声,道崇,青々,寂明）	1658—1716	MOA美术馆藏《秋好中宫图》。
石山师香	1669—1734	大都会博物馆藏《源氏八景绘卷》、思文阁藏《源氏八景绘卷》。
冷泉为恭	1823—1864	千叶市美术馆藏《紫式部图》。

（4）浮世绘画师及肉笔浮世绘作品

姓名	生卒年	主要作品
西川祐信	1671—1751	《源氏物语图•若菜上》
奥村政信	1686—1764	《浮世源氏须磨》
铃木春信	1725?—1770	《女三宫与猫》
喜多川歌磨	1753—1806	《绘兄弟女三宫》
鸟文斋荣之	1756—1829	《见立浮世八景》《风俗变装源氏》
葛饰北斋	1760—1849	《源氏物语•早蕨图》
歌川国贞 （三代丰国）	1786—1865	《源氏五十四帖》《源氏四季》《今源氏锦绘》《艳紫娱拾余帖》《吾妻源氏》
溪斋英泉	1790—1848	《新吉原年中行事》
歌川广重	1797—1858	《江户紫名所源氏》
歌川芳几 （落合芳几）	1833—1904	《源氏五十四帖》
月冈芳年	1839—1892	《源氏物语画帖》
尾形月耕	1859—1920	《源氏五十四帖》

（5）版画插图

主要绘师	生卒年份	主要作品
野野口立圃	1595—1669	《十帖源氏》《幼源氏》
山本春正	1610—1682	《绘入源氏》《源氏大和绘鉴》
菱川师宣	1618—1694	《源氏大和绘鉴》《源氏豪奢枕》
奥村政信	1686—1764	《若草源氏》
歌川国贞	1786—1865	《偐紫田舍源氏》插图
溪斋英泉	1790—1848	《源氏物语绘抄》

插图列表

图书馆藏

图 3.3 《绘入源氏物语·若紫 3》插图,山本春正绘,日本国立国会图书馆藏

图 3.4 《绘入源氏物语·若紫 4》插图,山本春正绘,日本国立国会图书馆藏

图 3.5 《绘入源氏物语·若紫 5》插图,山本春正绘,日本国立国会图书馆藏

图 3.6 《绘入源氏物语·若紫 6》插图,山本春正绘,日本国立国会图书馆藏

图 3.7 《绘入源氏物语·若紫 7》插图,山本春正绘,日本国立国会图书馆藏

图 3.8 《绘入源氏物语·若紫 8》插图,山本春正绘,日本国立国会图书馆藏

图 3.9 线稿临摹自《天理本源氏物语绘卷》若紫 1-1,30.2cm×116.9cm,纸本设色,镰仓时代,天理图书馆藏

图 3.10 线稿临摹自《天理本源氏物语绘卷》若紫 1-2,30.2cm×67.2cm,纸本设色,镰仓时代,天理图书馆藏

图 3.11 线稿临摹自《天理本源氏物语绘卷》若紫 2,30.2cm×80.5cm,纸本设色,镰仓时代,天理图书馆藏

图 3.12 线稿临摹自《天理本源氏物语绘卷》若紫 3,30.2cm×90.4cm,纸本设色,镰仓时代,天理图书馆藏

图 3.13 线稿临摹自《天理本源氏物语绘卷》若紫 4,30.2cm×49.2cm,纸本设色,镰仓时代,天理图书馆藏

图 3.14 《光信源氏物语表纸模本》若紫,匿名绘,纸本设色,1675年,东京国立博物馆藏,图片来源:ColBase(https://colbase.nich.go.jp/)

图 3.15 《源氏物语画帖》若紫,土佐光吉·长次郎绘,25.7cm×

22.7cm,纸本金地设色,桃山时代,京都国立博物馆藏,图片来源:Col-Base(https://colbase.nich.go.jp/)

图3.16　《源氏物语》卷四插图,大和和纪绘

图3.17　《源氏香之图·若紫》,歌川国贞(丰国)绘,25cm×19cm,套色版画,19世纪,日本国立国会图书馆藏

图3.18　《源氏大和绘鉴·若紫》插图,菱川师宣绘,22.7cm×15.7cm,江户初期,日本国立国会图书馆藏

图3.19　《源氏物语绘抄·若紫》插图,池田英泉绘,18.0cm×12.1cm,1837年,早稻田大学图书馆藏

图3.20　《伊势物语》插图,月冈雪鼎绘,1756年出版,日本国立国会图书馆藏

图3.21　《源氏五十四帖·若紫》插图,歌川丰国绘,套色版画,1853年,日本国立国会图书馆藏

图3.22　线稿临摹自《平安源氏绘卷》,21.8cm×48.3cm,纸本设色,12世纪,德川美术馆藏

图3.23　线稿临摹自《平安源氏绘卷》,21.9cm×48.4cm,纸本设色,12世纪,德川美术馆藏

图3.24　线稿临摹自《平安源氏绘卷》,21.9cm×48.1cm,纸本设色,12世纪,德川美术馆藏

图3.25　线稿临摹自《源氏物语白描绘卷·若紫》,花屋玉荣(传),纸本白描,9.8cm×637.6cm,1554年,纽约公共图书馆藏

图3.26　《谁之袖》,26.7cm×37.5cm,套色版画,江户时代晚期,京都国立博物馆藏,图片来源:ColBase(https://colbase.nich.go.jp/)

图3.27　《夕雾图屏风》,148.2cm×344.2cm,纸本金地设色,17世纪,九州国立博物馆藏,图片来源:ColBase(https://colbase.nich.go.jp/)

图3.28 《源氏物语绘本·空蝉》,27.2cm×24.2cm,纸本设色,江户时代晚期,早稻田大学图书馆藏

图3.29 《绘本草源氏·葵》,26.0cm×18.3cm,柏原屋清右卫门1718年出版,早稻田大学图书馆藏

图3.30 《彩绘红叶贺图茶碗》仁清款,17世纪,东京国立博物馆藏,图片来源:ColBase(https://colbase.nich.go.jp/)

封面图像 《源氏物语绘色纸帖·若菜上》,土佐光吉绘,25.7cm×22.7cm,京都国立博物馆藏,图片来源:ColBase(https://colbase.nich.go.jp/)